दूसरे के पैर

(श्रीकान्त वर्मा की कहानियाँ)

वाणी प्रकाशन
नयी दिल्ली-110002
फोन : 3275710, 3273167 फैक्स : 3275710
e-mail : vani_prakashan@yahoo.com
vani_prakashan@mantraonline.com

श्रीकान्त वर्मा की कहानियाँ–1

दूसरे के पैर

श्रीकान्त वर्मा

वाणी प्रकाशन
21-ए, दरियागंज, नयी दिल्ली-110002
द्वारा प्रकाशित

संस्करण : 2001 **मूल्य : 55.00 रुपये**

शुभम ऑफसेट, दिल्ली-110032
द्वारा मुद्रित

DOOSRE KE PAIR (Stories)
by Shrikant Verma

भूमिका

एक चित्रकार के साथ कोई मजबूरी नहीं कि वह फिल्म बनाए, संगीतकार के लिए आवश्यक नहीं है कवि होना और कवि विवश नहीं है कहानियाँ लिखने के लिए।

लेकिन फिर भी गर कोई चित्रकार फिल्में बनाता है, संगीतकार कविताएँ लिखता है और कवि कथाकार भी है, तो जरूर कोई न कोई मजबूरी होनी चाहिए, कोई माँग होनी चाहिए जिसे पूरी कर पाना सम्बन्धित विधा के लिए संभव न हो और कोई न कोई आवश्यकता होनी चाहिए, जिसे पूरा किए बगैर, रचनाकार अपने को अधिकाधिक अधूरा अनुभव कर रहा हो।

यदि यह विवशता, यह माँग और यह आवश्यकता सिर्फ ऊपरी अर्थात् गैर-रचनात्मक कारणों से उत्पन्न होती, तो समस्या न होती। मगर मुश्किल यह है कि अधिकतर एक कलाकार का संकट भीतरी होता है। कब वह एक विधा का अतिक्रमण कर दूसरी विधा में प्रवेश कर गया, कहना कठिन होता है। कब एक चित्रकार रंग की दुनिया से तरंग की दुनिया में और कब एक कवि लय की दुनिया से विलय की दुनिया में चला गया, निर्धारित करना कठिन होता है।

बीसवीं शताब्दी की यह विडम्बना है कि विधाएँ एक-दूसरे का अतिक्रमण कर रही हैं, परम्परा से चली आ रही शर्तों को बदल रही हैं तथा कुछ और सुनाई पड़ रही, कुछ और दिखाई पड़ रही हैं।

जाहिर है कि जब एक चित्रकार फिल्म बनाएगा तब फिल्म सिर्फ एक फिल्म नहीं होगी, एक स्थिर चित्र भी होगी, जब एक संगीतकार

काव्य-रचना करेगा तब कविता में केवल एक निरन्तर शोर ही नहीं होगा, एक अटूट सन्नाटा भी होगा और जब एक कवि कहानियाँ लिखेगा तब गद्य की तमाम शर्तें टूटेंगी, इस तरह टूटेंगी कि किसी न किसी को कहना पड़ेगा, "गद्यं कवीनां निकषं वदन्ति।"

और पिछले कुछ दशकों में यही हुआ है। सत्यजित रे तथा श्याम बेनेगल जैसे चित्रकार तथा विज्ञापन जगत् के लोगों ने फिल्में बनाई हैं, मकबूल फ़िदा हुसेन और स्वामिनाथन जैसे चित्रकारों ने काव्य-रचना की है और टैगोर तथा जयशंकर प्रसाद से लेकर अब तक असंख्य कवियों ने कहानियाँ लिखी हैं।

साहित्य, संगीत, चित्रकला, रंगमंच, फिल्म तमाम विधाओं ने पहले सौ-डेढ़-सौ वर्षों में एक-दूसरे को न सिर्फ प्रभावित किया है, बल्कि एक-दूसरे के अस्तित्व की शर्तें और परिस्थितियाँ बदल दी हैं।

कहानी की पहचान भी इन्हीं वजहों से बदल गई।

मैंने लिखना उस समय आरम्भ किया, जब यह पहचान बदल रही थी। जैनेन्द्र और अज्ञेय ने प्रेमचन्द की परम्परा में नहीं बल्कि समानान्तर कहानी का विधान रचना आरम्भ कर दिया था। (कहने को तो हमारे पास कहानी का विधान और विन्यास 'पंचतंत्र' और 'हितोपदेश' के रूप में हजारों साल पहले से उपलब्ध है, मगर सच्चाई यह है कि आधुनिक कहानी का विधान और विन्यास पश्चिम की देन है।)

मैंने अपनी जिन्दगी कवि के रूप में आरम्भ की। कहानी लिखने की, मेरे सामने, कोई मजबूरी न थी। मगर थी, तभी तो लिखी।

यह सृष्टि विराट है। उपनिषदों के मुहावरे में कहूँ, तो वैसे भी यह पृथ्वी इस ब्रह्माण्ड में एक कण के बराबर भी नहीं, मगर वैसे इसका एक-एक कण विराट है, अनन्त है, शाश्वत है। यही विरोधाभास उसे अद्भुत, अद्वितीय बनाता है।

आदमी का अहं उसे यह अनुभव कराता है कि वह इस सृष्टि का केन्द्र है। हो, या, न हो; इस अहसास के बगैर इन्सान की जिन्दगी विडम्बनाओं, विद्रूपों, दुर्घटनाओं, नाटकीय प्रसंगों तथा अप्रत्याशित से रहित हो जाएगी और उसमें तथा एक पत्थर की लकीर में कोई फर्क

नहीं रह जाएगा।

मनुष्य सबसे अदभुत, सबसे नाटकीय, सबसे अप्रत्याशित प्राण-पुंज है।

समस्त कला उसी की सृष्टि है और उसी को समर्पित है—कविता भी, कहानी भी।

एक रचनाकार का मनुष्य तथा उसके (याकि अपने) संस्कार के साथ साक्षात्कार एक विराट अनुभव है।

कविताएँ लिखते हुए, मेरी आँखें चौंधियाने लगीं। इस विराटता के आगे, अजीबोगरीब छाया-प्रकाशमय संसार में प्रवेश करते हुए मैं न केवल लड़खड़ाने, बल्कि हकलाने लगा।

मैंने पाया कि मनुष्य के साथ इतना कुछ घट चुका और घट रहा है कि उसे पूरी तरह तो क्या थोड़ा-बहुत भी कह पाना कठिन कार्य है। जैसा कि मैंने अपनी कविता में लिखा है:

"सम्भव नहीं है
कविता में वह सब
कह पाना
जो घटा है
बीसवीं शताब्दी में
मनुष्य के साथ।
काँपते हैं, हाथ।"

कविता लिखते हुए मेरे हाथ सचमुच काँप रहे थे। तब मैंने कहानियाँ भी लिखनी आरम्भ कीं—यह सोचकर कि रचना से रचना की यह कम्पन कुछ कम होगी। और यह सच है कि मैंने कथा साहित्य के बतौर जो कुछ लिखा उससे मेरी आत्महीनता कुछ कम हुई; क्योंकि जैसे-जैसे मैं लिखता गया, संसार में पैठता गया। संसार में पैठना ही मुक्ति है। प्रवेश गिरफ्तारी नहीं आजादी है। गुलामी है गमन, बहिर्गमन।

कविताओं ने मुझे जो दुनिया दी थी, मेरी कहानी उसी का विस्तार है,उसी का एक और रूप जिसे मैं कविताओं के माध्यम से पहचान नहीं पा रहा था।

मगर मेरी सन् 60 के आसपास की कविताओं और इस संग्रह की कहानियों को साथ-साथ पढ़कर एक कवि के द्वन्द को समझा जा सकता है—कम-से-कम मेरे द्वन्द्व को।

द्वन्द्व यह है कि कविता और कहानी के बीच द्वन्द्व कुछ नहीं है। सिर्फ बनावट का फर्क है। एक युग का अनुभव, समस्त कलाकारों के लिए एक जैसा होता है—चाहे वे किसी भी विधा में काम कर रहे हों। अन्यथा पिकासो और एपोलि के बीच कोई रिश्ता न होता—एक ही युग के कलाकार एक-दूसरे से कितने अपरिचित होते हैं। एल्पस और हिमालय की तरह।

मेरी कहानियाँ इस संसार को समझने की एक और कोशिश हैं। इस विराट यात्रा में वामन का एक और डग हैं।

संक्षेप में यही दास्तान है। यही है इन कहानियों की कहानी।

—श्रीकान्त वर्मा

क्रम

दूसरे के पैर

टोर्सो

चर्चगेट स्टेशन पर मैं शेवन्ती की प्रतीक्षा कर रहा हूँ। सामने की विद्युत-घड़ी के काँटे तीन बजकर पंचपन मिनट की सूचना दे रहे हैं और मेरी रिस्टवाच भी। वह चार दस की फास्ट से आएगी, उसने कहा है।

बोरिवली वाली सबर्बन ने प्लेटफार्म छोड़ दिया है। लोग इस चलती गाड़ी पर कितनी फुर्ती के साथ चढ़ रहे हैं और डिब्बों और हैंडलों से किस तरह लदे-फँदे हुए हैं, मैं देख रहा हूँ। पाँच बजते-बजते वहाँ बेहद भीड़ हो जाएगी और हजारों घरों की व्यग्रता इस व्यस्त प्लेटफार्म पर इकट्ठी हो जाएगी, अराजक और अर्थहीन। अगर यह महानगरी इन हरदम भागती ट्रेनों से इस तरह सूत्रित न होती,—मैं अक्सर सोचता रहा हूँ—तो यह कितनी घटनाहीन होती और कितनी गतिहीन ! जैसे समुद्र की रेत पर पड़ा एक कछुआ। छिः ! कितनी कुरूप और जर्जर है यह कल्पना ! मैं रूमाल से अपनी गर्दन का पसीना पोंछता हूँ और घड़ी की ओर देखता हूँ।

धड़धड़ाती हुई ट्रेनें आती हैं, रुकती हैं और थम जाती हैं। फिर वही शोरगुल, हो-हल्ला, भाग-दौड़, उतरने की जल्दी। इस भीड़ में भी शेवन्ती की सधी हुई गम्भीर, अर्थप्रवण आँखें, मुझे ढूँढ लेती हैं। वह आकर मेरा हाथ पकड़ती है और हम दोनों बाहर आते हैं। वह चुप-चुप है। सुबह जब उसने फोन किया था, तब भी कुछ अधिक नहीं बोली थी।

मैं और वह क्रासिंग तक आते हैं और रुक जाते हैं। मेरे पास कोई कार्यक्रम नहीं है। कभी भी नहीं होता। मैं प्रश्नभरी दृष्टि से उसे देखता हूँ। वह कोई उत्तर नहीं देती। फिर मेरे हाथ में हाथ डाल लेती है और

हम 'पेरिसियन डेयरी' तक आते हैं।

अभी शाम नहीं हुई है। हम जल्दी आ गये हैं। मगर पहले भी आये हैं और इससे भी जल्दी। मैं उसके लिए कॉफी का आर्डर देता हूँ और अपने लिए कोकाकोला का। उसे देखता हूँ। वह मुझे देख रही है, अपनी गम्भीर अर्थप्रवण आँखों से। वह उदास नहीं चुप है।

"कोई खास बात ?" मैं पूछता हूँ। वहक ॉफी में चीनी डालती हुई सिर हिलाती है।

"घर में कुछ ?"

वह फिर सिर हिलाती है और इस बार मुस्कुराती है। उसकी मुस्कुराहट तेज़ है और चमकदार; मैंने अनुभव किया है। वह कॉफी का एक घूंट लेती है और प्याली में आधा चम्मच चीनी और डालती है।

"मैं वापिस जाने की सोच रही हूँ।" वह उसी धीमे स्वर में कहती है। पहले उसने यह बात कभी नहीं कही, मैं सोचता हूँ। मैं चुप हूँ।

"कब जाओगी ?" मैं प्रश्न करता हूँ।

"कुछ निश्चित नहीं।" वह कॉफी पीने लगती है। धूप ढलती हुई हमारी मेज पर आ गिरी है और उसकी चौड़े पाड़ वाली जामुनी साड़ी पर कुछ अजब चमचमा रही है। अच्छी नहीं।

"जाना निश्चित है ?" मैं पूछता हूँ।

वह कोई उत्तर नहीं देती। मैं देखता हूँ, उसकी उन आँखों में पर-छाईं-सी तैर गयी है, मगर फिर तुरन्त उसकी आँखें वही की वही हो जाती हैं, स्वस्थ और गम्भीर।

"ऐसा कुछ नहीं है।" वह मेरी माचिस की डिबिया से तीलियाँ निकाल सुलगाने और मुँह की फूंक से बुझाने लगी है। वह क्या सोच रही है ? शायद कुछ भी नहीं। वह अच्छी लग रही है। उसमें अभी भी यह सब है। वह अभी स्त्री नहीं हुई है, लड़की है। मैं उसकी सोचने लगा हूँ।

हम दोनों चल पड़े हैं। शाम हो गयी है और इस साफ-सुथरी जगह मेरीन ड्रॉइव पर, भीड़ शुरू हो गयी है। उन्हीं-उन्हीं जगहों पर घूमते हुए जी ऊब जाता है। अगर कैलेंडर न होता और बदली हुई तारीखें न होतीं, तो क्या होता ?

"क्रान्तियाँ, कुछ इस कारण भी हुआ करती हैं।" मैं उससे कहता हूँ, "आदमी एक ही व्यवस्था में रहते-रहते ऊब जाता है।"

वह मुझे कनखियों से देखती है। उसे मेरी यह शास्त्रीयता पसन्द नहीं। वह मुझे साफ़ देखना चाहती है।

समुद्री हवा में अन्दर मेरी बनियान का पसीना सूख रहा है। हम दोनों टहलते हुए दूर निकल आये हैं। शाम की रोशनियाँ शुरू हो गयी हैं और समुद्र के नीले जल पर दूर तक उनकी परछाईं नजर आ रही है।

"क्या ऐसा नहीं हो सकता कि चीज़ समय पर मिल जाया करे?" वह मेरी ओर देखकर कहती है। उसकी जामनी साड़ी समुद्र के फैले हुए पृष्ठभाग से मैच कर रही है।

इच्छा ने उसका मुख सुन्दर बना दिया है।

वह मेरे और समीप आ जाती है। उसकी महाराष्ट्रीय कठोर मुखाकृति ढीली पड़ गयी है। नारियल के अन्दर शीतल पेय होता है। यह शेवन्ती। इसके अन्दर, मीठे पानी का एक कुंड है, कभी-कभी मेरे मुँह पर उलीच, मुझे ताज़ा कर जाती है। मैं सुखी होता हूँ और काँप जाता हूँ। इस जल से भय होता है। इसमें कितनी ताज़गी है, कैसी निर्मलता! मैं इसे सम्हाल सकूँगा?

मुझे भूख लग आयी है। मैं पोटेटो चिप्स के पैकेट खरीदता हूँ और हम दोनों एक बेंच पर बैठ जाते हैं। अँधेरा लगभग छा चुका है और उस पर दूर-दूर तक तैरता, मान-मर्दन करता प्रकाश। इमारतों की रंगीन छायाएँ और हमारे आसपास बहुत-से लोग। मुझे लगता है, मैं इनमें से किसी की भाषा नहीं समझता। सब लोग आ रहे हैं और जा रहे हैं, बैठे हैं और प्रेम कर रहे हैं। मैं क्या कर रहा हूँ, मैं नहीं जानता। इस सहमे हुए अँधेरे में मैं उसे अपने और पास अनुभव करता हूँ।

"मैं वापिस खेडे जाने की बात कह रही थी।" वह कहती है, "इस भीड़-भाड़ से अब जी घबराने लगा है। बम्बई बहुत बड़ा शहर है।"

"दुनिया इससे भी बड़ी है।" मैं धीरे से कहता हूँ और अपने शब्दों की निर्ममता महसूस करता हूँ। पर वह मेरी बात अनसुनी कर देती है।

वह मेरे और समीप आ जाती है और मेरा हाथ अपनी दोनों हथे-

लियों के बीच ले, बाँध लेती है। अपनी हथेली पर, उसकी उष्ण हथेलियों का दबाव, मैं अनुभव कर रहा हूँ।

"असल में, मुझे जिस जगह आना था, मैं आ गयी हूँ। इससे आगे की शक्ति मुझमें नहीं है।"

सामने से आती कैडिलेक अपने प्रकाश में हम दोनों को नहला जाती है। उसकी गर्म हथेलियों का दबाव यथावत् है। मेरा हाथ पसीने से नम है।

उसकी हथेली का दबाव मेरी हथेली पर और बढ़ गया है। स्त्री खुद अपनी चिन्ता का कारण बन जाए, तो उसे कैसा लगता होगा, मैंने इसकी कल्पना कभी नहीं की है। पर उसकी धड़कती हुई कलाई अपने निकट अनुभव कर रहा हूँ, बिल्कुल नार्मल, मगर आत्मीय। उसका दर्द मेरी रगों में क्या बह निकलेगा ?

उस दिन मैंने उससे कहा था : इतना सब मुझे क्यों देती हो ? उसने अपने रूखे ओठों पर, एक दूर तक खिंचती मुस्कान लाकर कहा था, मेरे पास रखने के लिए जगह नहीं है। आज उसके अवढर दान से डर लग रहा है।

हम वहाँ से उठ खड़े होते हैं और आखिरी सिरे तक चले आते हैं। यहाँ अँधेरा और उजाला, दोनों हाथ डाले बैठे हैं। समद्र की पछाड़ हमें भिगोने लगती है। वह मुझसे बिलकुल सटकर बैठ गयी है। एक विल्स सिगरेट का विज्ञापक, आवाज़ लगाता मेरी ओर आता है, मुझे मुफ्त सिगरेट ऑफर करता है, मगर मैं इन्कार करता हूँ और वह चला जाता है। अब यहाँ बहुत निकट कोई नहीं, केवल समुद्र की पछाड़ ! मैंने कई-कई दिन, कई-कई घण्टे, इसी जगह, यहीं, अकेले बैठकर, इस समुद्र की पछाड़ें सुनी हैं, बिल्कुल अर्थहीन। मगर यह सब बहुत अच्छा लगा है। बम्बई में अकेले आदमी का एकमात्र साथी समुद्र है। आज हम दो हैं, मगर फिर भी आज मैं जितना अकेलापन अनुभव कर रहा हूँ, उतना पहले कभी नहीं। यह सीमा टूट जाने का अकेलापन है।

"एक चीज आदमी को टूटने से बचा लेती है।" उसकी आँखें कितनी निर्मल हो गयी है, कितनी साफ़-साफ़। वह सचमुच बच्ची है।

"मगर," मैं कहता हूँ, "चीजें सम्पूर्ण नहीं होतीं। कभी भी नहीं।" मैं अपनी बात पर बल देता हूँ। "और प्रेम तो सबसे अधिक अधूरा होता है। असपूर्ण। धड़।

"नहीं।" वह मेरी बात काटती है, ऐसा नहीं होता। वह नहीं मानेगी वह जिद पर आ गयी है। मुझे झुँझलाहट होती है। कोई भी आदमी जब सच्चाई को स्वीकार करने से इन्कार करता है, तो मुझे इसी तरह झुँझलाहट होती है।

रात इस समुद्र के वक्ष पर, कुहनियों के बल लेट गयी है। मैं एक उच्छ्वास भरता हूँ और उठ खड़ा होता हूँ। वह भी। उसके केश उड़ रहे हैं और उसने अपनी बाँह मेरी बाँह में डाल ली है। मेरा मन अशान्त है और मैं पिछले आध घण्टे में तीन-चार सिगरेटें पी चुका हूँ।

हम दोनों चर्चगेट की ओर लौटते हैं। मैं रुकता हूँ और सिगरेट का एक पैकेट खरीदता हूँ। वह दूर खड़ी होती है। वह मुझे बतलाती है, पिछले पन्द्रह दिनों से घर लौटते हुए उसे वैसा ही अनुभव होता है, जैसा श्मशान की ओर। उसका जी घबराता है। भय लगता है।

मुझे ग्रांट रोड पर उतरना है। वह भी मेरे साथ चलती है। हमारी बगल में बैठा एक गोलमटोल पारसी बच्चा अकेला बैठा हुआ है, गुमसुम ढूंढती हुई नजरों से एक बूढ़ा डिब्बे में प्रवेश करता है, और उसे पहिचान, चीखता हुआ, उससे लिपट जाता है और सुबकने लगता है। मैं खिड़की के बाहर देख रहा हूँ। सरकती हुई इमारतें और भागती हुई छायाएँ। बाहर से एक बदबू आती है और मन भिनक जाता है, जैसे बांद्रा के निकट इकट्ठे पानी की सड़ांध से अक्सर मुझे मितली होने लगती है।

हम दोनों उतरते हैं। तेज़ी से गुजरते लोगों का एक रेला प्लेटफार्म से बाहर निकल जाता है। हम दोनों बाहर आते हैं, धीमे-धीमे, चुप-चुप। मुझे उससे ज्यादा अपना मौन गड़ रहा है। मगर मैं क्या करूँ! कहूँ भी क्या?

"आदमी सब कुछ नहीं दे पाता, उसके पास होता भी नहीं है सब कुछ।" वह चुप। मुझे लगता है मैं परिस्थिति के तनाव को अनावश्यक

बढ़ा रहा हूँ। वह गम्भीर है, गम्भीर रहती है। मुझे इस तरह खिंचे रहने की आदत नहीं। मगर शाम से ही, जाने क्यों, यह मनहूसी निरन्तर मँडला रही है।

मैं द्वार खोलता हूँ। फिर लेटर बक्स। दो बन्द चिट्ठियाँ हैं। मैं उन्हें खोलता नहीं। जानता हूँ, क्या लिखा होगा उन्होंने। आखिर इन औपचारिक पत्रों का उपयोग क्या है ? अपनी कुशलता सूचित करने के अतिरिक्त हो भी क्या सकता है लिखने को हमारे पास। शेष सब होता भी है अर्थहीन।

नौकर, मेज पर खाना लगा गया है, और छोड़ गया है एक पुर्जा। देखता हूँ खाना ठंडा हो गया है। बासी। मुझे भूख लगी हुई है। झुँझलाहट होती है। वह सब उठाकर किचन में रख देता हूँ और पड़ोस के रेस्तराँ में बोल आता हूँ बैंदा सैंडविच और कटलेट।

वह मेरी शय्या पर बैठी हुई एक पत्रिका के पन्ने पलट रही है। मैं आइने के सामने बैठा हुआ हूँ अपनी रुक्ष हो आयी दाढ़ी पर हाथ फेरता। मेरी आँखें लाल हो गयी हैं। मुझे ज्वर नहीं है। वह उठती है और झुकती है और अपने हाथ मेरी ग्रीवा में डाल देती है। मुझे अच्छा नहीं लगता। जरूरत से ज्यादा प्यार कृत्रिम होता है या कृत्रिम लगता है। पर वह वैसी ही प्रकृत है। आइने में उसका प्रतिबिम्ब पड़ रहा है। मैं उसे देखता हूँ और पीछे से आते प्रकाश में मेरी आँखें झँप जाती हैं। मैं उसका प्रतिबिम्ब ठीक-ठीक नहीं देख पाता।

वह कटलेट पर सॉस डालती है। उसे मांस अच्छा नहीं लगता, उसने कई बार कहा है।

वह सचमुच निरीह है, मैं सोचता हूँ। मेरा मन आर्द्र हो जाता है। मैं उठता हूँ, उसके कंधों से सटकर, उसके रूखे बालों में उँगुलियाँ उलझा देता हूँ और हौले से उसकी ग्रीवा को चूम लेता हूँ। यह दया है या प्यार ? मैं उससे अलग हो जाता हूँ।

सामने के फ्लैट की बत्तियाँ बुझ गयी हैं। सड़क की रोशनी, खिड़की के काँच से छनकर उसकी कनपटी पर पड़ रही है। उसकी मुखाकृति इस समय एकदम ढीली है, निढाल। मैं उसे उसकी कनपटी पर चूम लेता हूँ।

"अब तुम जाओ।" मैं उससे कहता हूँ। वह उसी तरह बैठी रहती है। मुझे लगता है थोड़ी देर यह इसी तरह और बैठी रही, तो रो देगी। मुझे अच्छा नहीं लगेगा।

"नहीं, शेवन्ती, जाओ।" मैं उसके कन्धे थपथपा कर कहता हूँ।

रात काफी हो गयी है। उसे आखिरी ट्रेन मिलेगी।

वह उठकर मेरे कालर पकड़ती है और मुझे अपनी ओर खींचती है। उसका पूरा शरीर मेरे शरीर से सटा हुआ है।

"मैं नहीं जाऊँगी।" यह उसका निश्चय है। वह विश्वासभरी दृष्टि से मुझे देखती है। मुझे इस विश्वास से भय लगता है। मैं उसे प्यार करता हूँ, सच है। पर यह विश्वास। नहीं, नहीं चाहिए मुझे। मेरा भय और भी कँटीला हो जाता है।

मैं उससे अलग हो जाता हूँ। मैं थक गया हूँ। मैं ऊब गया हूँ। मैं हार गया हूँ। मेरी परेशानी का कारण, मैं नहीं जानता हूँ, मैं हूँ या वह !

मैं पलंग पर लेट जाता हूँ और पलकों को हथेली से दबा लेता हूँ। वह पहले भी मेरी बगल में लेटी है और घंटों पड़ी रही है, पर उससे भय कभी नहीं हुआ, केवल आज। वह आयी है और चली गयी है। मेरा बहुत कुछ उसका होने के बाद भी, एक अँधेरा कोना मेरा रहा है। यही हमारे और उसके बीच की सीमा है। उसने कभी तोड़ने का प्रयत्न नहीं किया, केवल आज। उसका स्वामित्व जाग उठा है, वह इसे भी प्राप्त कर लेना चाहती है, इसकी भी कुंजी अपनी आँचल में बाँध लेना चाहती है। पर यह मेरा भी कहाँ है ? यह मेरी नियति है मैं उसे कैसे समझा सकता हूँ ?

नारियल की भेली जैसे उसके वक्षों पर, मेरा ठण्डा पराजित हाथ पड़ा हुआ है। वह शायद एक सुखद स्वप्न देख रही है। मैं उसका स्वप्न नहीं तोड़ना चाहता। पर खण्डित प्रतिमा यदि स्वप्न में सम्पूर्ण दिखायी पड़े, तो क्या किया जाए ?

वह मेरी गरदन को अपनी बाँहों से कस लेती है। मुझे चूमती है। मेरे होंठ ठण्डे हैं।

वह उत्तेजित है। उसके मुख की गरिमा नष्ट हो गयी है। वह मुझे विकृत नज़र आती है, कुरूप। छिः ! उसने मर्यादा तोड़ दी।

वह उठती है और कमरे की बत्तियाँ बुझा देती है। अब केवल अन्धकार है। मैं इस अँधेरे से नहीं डरता हूँ, उसकी पास सुनायी पड़ती धड़कन से डरता हूँ।

तो, यह होना ही था। मुझे निर्णय लेना ही पड़ेगा। नहीं, यह नहीं होगा। "रुको" मैं उससे कहता हूँ। मेरी आवाज में कम्पन है। वह क्षण-भर को सहम जाती है, फिर मुझे माथे पर चूम लेती है। आह ! इतना प्यार ! उसे मुझ पर कितना विश्वास है।

"नहीं, शेवन्ती नहीं। यह गलत है।" वह मेरी कठिनाई को नहीं समझेगी।

मेरे पूरे शरीर में शर्म की लहर दौड़ रही है। मुझे कहना ही होगा। कितनी घृणित बात, पर कितनी सत्य ! "मैं निर्जीव हूँ।" मुझे लगता है, मैंने अपने ही गाल पर कसकर तमाचा मारा है।

वह चौंक जाती है। "नहीं।" वह कितनी ताकत के साथ मुझे झुठलाना चाहती है। मैं अँधेरे में उसके समीप पड़ा हुआ हूँ। उसकी पकड़ ढीली पड़ जाती है। वह तकिये में अपना मुँह छिपा लेती है। शायद वह मुझसे घृणा कर रही है। शायद वह रो रही है।

वह मेरे निकट पड़ी हुई है। उसका शरीर डुल रहा है। मुझे उस क्षण, कितनी पीड़ा का अनुभव हुआ था। पर अब ? कुछ नहीं। मेरे शरीर में प्रत्येक नस में बह निकला है, अन्धकार, मुक्ति का अन्धकार।

वह उठती है, द्वार खोलती है और चली जाती है। मैं पड़ा रहता हूँ। मैं दूर तक उसकी पगध्वनि सुनता हूँ, जो आज पहली बार अपरिचित लग रही है और अर्थहीन।

मैं उठकर मेज पर बैठ जाता हूँ और कुछ भी नहीं सोचता। मैं मर गया हूँ।

फिर मैं अपने आप से कहता हूँ मैं कभी भी जीवित न था।

[1956

घुटन

मौत ! कैसा भयानक विधान है ! मगर एक चीज़ होती है, मृत्यु-दण्ड ! मृत्यु नहीं, मृत्यु का भोग। आप इस यंत्रणा की कल्पना नहीं कर सकते। कोई भी नहीं कर सकता। हर रोज फाँसी के तख्ते की ओर एक-एक कदम बढ़ाते, हम जैसे अभागे ही इस खौफ को जानते हैं। जीवन और मृत्यु के बीच एक स्थिति होती है, जो न जिन्दगी होती है, न मौत। जीवन और मृत्यु दोनों मिलकर, दिल, दिमाग और आत्मा को घुन देते हैं। नरक इसी को कहते होंगे।

मुझे भी इसी नरक में ढकेल दिया गया। मैंने हत्या की थी। मैंने हत्या क्यों की थी, बताने की ज़रूरत नहीं। सच्चाई यह है कि मैंने की थी। एक विज्ञ और गंभीर अध्यापक, हत्या-जैसा संगीन अपराध करे, यह बात बहुतों के लिए आश्चर्यजनक थी और शायद आगे भी रहेगी। पर मुझे इससे कोई वास्ता नहीं। मैंने अपनी इच्छा से अपना अपराध स्वीकार किया था, इतना ही कहना पर्याप्त होगा।

हम लोग जीवन-भर, दर्शन और मनोविज्ञान का अध्ययन और अध्यापन करते हैं। मगर इस साधारण-से तथ्य पर विचार नहीं करते कि आदमी जितनी सहजता से उन पर अपना हस्ताक्षर करता है, उतनी ही सहजता से उसके परिणामों को नहीं झेल पाता।

मेरे साथ भी यही हुआ। हत्या करते समय और अपराध स्वीकार करते समय मुझे इस बात का जरा भी भान न था कि अभी दूसरे ही क्षण मैं एक भिन्न व्यक्ति हो जाऊँगा, जिस मृत्यु-दण्ड की कल्पना मैंने इतनी सहज की थी, वह मेरी आत्मा पर एक ठण्डे अँधेरे की तरह छा जाएगी और सारा संसार मुझे, मेरे ही सामने अस्त होता नज़र आएगा।

यही हुआ। शायद होना ही था।

चीजें, मेरे निकट फिज़ूल थीं। उनका टूटना कोई अर्थ नहीं रखता, मगर अब सोचता हूँ, चीज़ों का टूटना नहीं, टूटकर हमसे अलग होना अर्थ रखता है। अलग होना, जुड़े होने का गवाह है। और कोई चीज़ अब तक जुड़ी थी और अब अकस्मात् हमसे अलग है, यह अहसास मनुष्य के सबसे बड़े अकेलेपन का अहसास है। कोई भी मनुष्य इस सीमा तक अकेला नहीं होना चाहता। मैं भी नहीं। हम अपनी दुनिया को अपने साथ लिए मरना चाहते हैं, अकेले नहीं।

फैसला सुनने के पहले मैं इसी दुनिया का एक इन्सान था। मैं जानता था फैसला क्या होगा, मगर फैसले के बाद क्या होगा, नहीं जानता था। आप भी नहीं जान सकते थे।

जज ने अपनी भावहीन दृष्टि से मुझे देखा, फिर कागज के उन लम्बे लम्बे पृष्ठों में लिखी हुई मेरी नियति का एक-एक अक्षर संयम और सतर्कता के साथ पढ़ते हुए अपना फैसला सुना दिया। उस क्षण के मौन में तमाम उपस्थित लोगों की नजरें मुझ पर टिक गयीं। उन नजरों में क्या था ? मैं नहीं जानता। फिर वे नजरें, जैसे मुझसे दूर होती गईं और एक खास दूरी पर जाकर रुक गयीं। मेरे और उनके बीच की दूरी में जज का फैसला था। मृत्यु-दण्ड। सहसा मुझे जीवन में पहली बार एक भयंकर अकेलेपन, नहीं अलगाव का अनुभव हुआ। उस अदालत में मेरे कितने मित्र और परिचित उपस्थित थे। मुझे लगा जैसे इस एक क्षण में उनके चेहरे बदल गए हैं, अदालत की दीवार का रंग बदल गया है और मेरे हाथों में हथकड़ी का बोझ भारी हो गया है। परिचितों से घिरी मेरी पत्नी का फफक-फफक कर रोना, मेरे कितने समीप होकर भी, कितने दूर की चीज थी ! मेरे और उन तमाम लोगों के बीच जैसे एक जन्मान्तर था। मुझे गश आ रहा था। नहीं, चीजों का अर्थ बदल रहा था।

उन्होंने मुझे पुलिस वेन में बिठा दिया और द्वार बन्द कर दिया अन्दर मैं था और बन्दूकधारी कुछ सिपाही। लेकिन, दरअसल न मैं था, न वे। केवल सड़कों के किनारे लगे पेड़ थे, जो पहली बार मुझे नज़र आ रहे थे। बसें थीं, मोटरें थीं, भीड़ थी, जिन्हें मुझसे कोई सरोकार न

था। एक उष्णता थी, जिसमें लोग सगबगा रहे थे, चल रहे थे, फिर रहे थे, भाग रहे थे। सब कुछ मेरे लिए एक दृश्य था। अभी यह दृश्य अस्त हो जाएगा और तब मैं कहीं भी नहीं रहूँगा। सड़कें जैसे मुझसे निकलकर बाहर भाग रही थीं और आकाश था, जो क्यों था, मैं नहीं समझ पा रहा था।

वेन उसी तेजी के साथ, जेल के फाटक के अन्दर चली गयी और फिर एक झटके के साथ रुक गयी। उन्होंने रोज़ से भिन्न, बिना कोई शोर किए, बहुत सम्हालकर मुझे उतारा। उनमें से एक की गरदन गिरी हुई थी और दूसरा बिल्कुल खामोश था, गोया वे मुझे अन्दर नहीं ले जा रहे थे, विदा दे रहे थे।

उस शाम की खामोशी मेरे मन में अभी भी सुरक्षित है। मैं एक पत्थर की अपेक्षाकृत कुछ कम चौड़ी कोठरी में ले जाया गया और उन्होंने लोहे की छड़ों वाला द्वार बन्द कर दिया···खड़ाक।

लोहे की उन छड़ों ने माथे पर जैसे एक चपत लगायी और मैं जाग गया और जागकर एक अजीब-सी घबराहट में हाथ-पैर मारने लगा। मैं भावुक आदमी नहीं हूँ, कभी भी नहीं रहा हूँ। मैं अपने मन की कमजोरी को प्रकट करना अनैतिक मानता हूँ। अपने को प्रकट करना उतना ही छद्म है, जितना अपने को न प्रकट करना। पर मैं झूठ नहीं कह रहा हूँ, उस क्षण जैसे एक भीगा आवेग एक आँसू मेरे पेट और बाँह से होता हुआ मेरे कण्ठ की ओर दौड़ रहा था। क्या मैं रो पड़ूँगा ? लेकिन मैंने उसे वहीं रोक दिया। किसी भी चीज को रोकने में बड़ी पीड़ा होती है। रुकी हुई चीज ग्रन्थि भी बन सकती है, बल्कि बनती है। पर सच कहना, क्या तुम लोग रुके हुए नहीं हो, क्या तुम लोग अपने से बड़ी किसी चीज की ग्रन्थियाँ नहीं हो ? फिर, मैं तो रुकने के लिए बाध्य था।

मैं प्रकृतस्थ होना चाहता था। नियति यदि कारा की कोठरी का सीलभरा अन्धकार है, तो हो। क्या मनुष्य अपनी नियति से ऊपर नहीं उठ सकता ?

मैंने अपनी दृष्टि से कोठरी की दीवार पार कर ली। उखड़ा हुआ पलस्तर और जगह-जगह छोटे-छोटे गड्ढे। इस दीवार पर इतने गड्ढे क्यों

हैं और यह सुन्दर है या असुन्दर या सुन्दर और असुन्दर दोनों से परे ? मैंने सोचने की कोशिश की पर न सोच सका। दीवार बहुत मोटी थी। जिस इंजीनियर ने इसका निर्माण किया होगा, उसका दिमाग भी इतना ही मोटा रहा होगा।

ये लोग मौत को भी क्यों नहीं खूबसूरत बना सकते ? मैंने फिर सोचने का प्रयत्न किया। मगर मैं फिर कुछ न सोच सका। कोठरी की दीवार मेरे मन के बहुत समीप आकर खड़ी हो गयी थी और उसकी बदशकल छाया उस पर दूर तक गिर रही थी जैसे एक बंजर पठार पर गिरती हुई शाम।

आखिर मैं इससे कब तक कतरा सकता हूँ। मैंने बाहर की तमाम चीज़ों को एकबारगी भूल जाना चाहा और कोशिश की कि इस कोठरी को इस तरह स्वीकार कर लूँ कि फिर अन्य किसी भी वस्तु का कोई भी अर्थ न रह जाए। मैंने अपनी आँखें मूँद लीं, बल्कि मींच लीं। मेरी बन्द पलकों के अन्दर कुछ रंग-बिरंगे धब्बे उभर आये। फिर इन धब्बों के डिम्ब फाड़कर चीज़ें प्रकट होने लगीं। शहर, घर, परिचित चेहरे, पत्नी, यूनिवर्सिटी, बस, सिगरेट, सम्भोग, अदालत, किताबें, फाँसी का तख्ता। मनुष्य का मन असल में एक बिम्ब-समूह है। उससे कोई छुटकारा नहीं। न हो। मैंने अपनी आँखें खोल लीं। मेरे लिए ये तमाम चीज़ें मर चुकी हैं। इनके बिम्ब जरूर रह गए हैं। संसार अगर मेरे मन में एक कविता बनकर रहना चाहता है, तो रहे। कालान्तर में कविता नष्ट हो जाती है, केवल उसका संगीत रह जाता है, फिर वह संगीत नष्ट हो जाता है और एक स्वरहीन स्मृति रह जाती है और अन्त में वह स्मृति भी नष्ट हो जाती है, केवल रंगहीन, स्वरहीन, अर्थहीन चीज़ें रह जाती हैं। यह संसार के नष्ट होने की प्रक्रिया है।

मैं कोठरी की पश्चिमी दीवार पर कुछ नष्ट हस्ताक्षर देख रहा था। नाखून से खुरचे हुए बेडौल अक्षर। मैं उन्हें पढ़ रहा था। कुछ गालियाँ थीं, बड़ी ही भद्दी गालियां। मैंने दृष्टि हटा ली। मगर मुझे अच्छा लगा था। जैसे मेरे समीप ही खड़ा कोई किसी को सम्बोधित कर रहा हो। किसी अन्य ने किसी स्त्री का नाम लिखा था। मेरे सामने, मेरी परिचित-

अपरिचित अनेक स्त्रियों के चेहरों की गैलरी खड़ी हो गयी। किसी ने तुलसी की पंक्ति लिख दी थी : होइहै वही जो राम रचि राखा। मेरे मन में काफी घर की तस्वीर उभर आयी। एक अन्य ने एक स्त्री के चेहरे पर मूँछें बनायी थीं। मेरे मन में सिविल लाइन्स की लम्बी-सी साफ-सुथरी सड़क खिच गयीं। और इस प्रकार की असंख्य जलती और बुझती तस्वीरें। मैं जो भी पढ़ता, मेरे मन पर एक चित्र फेंक कर बुझ जाता। मैं अन्तिम हस्ताक्षर पढ़ रहा था। पूरी वंशावली थी : रामप्रसाद वल्द हरकिशन वल्द चुन्नीलाल वल्द दुखीराम वल्द शिवदयाल, मुकाम सीतापट्टी, मौजा-साकिन मढ़ी, जिला तुरुपगंज, बेवा के जनाकारी और हाल कतल का, जाब्ता फौजदारी दफा 302 में जुरुम कायम पाकर, बैसाख सुदी 2002 में फौत पाकर इन्तकाल हुआ। भूल-चूक, लेन-देन माफ।

अन्तकाल ! इस समूची दीवार-लिपि में केवल एक शब्द अर्थ रखता था। मैं रुक गया और न जाने क्यों सिहर गया।

कैसा होता है अन्त ! कैसी होती है मृत्यु ! एक पतला-सा फंदा ! निश्चय ही बड़ी यंत्रणा होती होगी ! क्या है, वह यंत्रणा ! कैसी है ! कितनी ! मेरे सामने कोई अनुमान न था। मगर मैं जानना चाहता था, जान लेना चाहता था। मैं मृत्यु से डरने वाले व्यक्तियों में से नहीं हूँ, पर मैं मृत्यु को जान लेना चाहता हूँ। किसी चीज को जानना उसका अनुभव करना है और अनुभव करना अनुभव की पुनरावृत्ति से मुक्त होना है। एक अनुभव से दो कलाकृतियाँ नहीं बनतीं। एक बार मर चुके के उपरान्त आदमी दुबारा नहीं मरता।

पर मैं मृत्यु को नहीं जान सका, मृत्यु से बड़ी किसी चीज को मैं जान रहा था। जरूर यह यंत्रणा, मृत्यु की यंत्रणा से बड़ी होती होगी। अभी कुछ क्षण पूर्व संसार मुझसे पृथक् होकर एक भिन्न संसार हो गया था। अब वह फिर मेरे समीप उपस्थित है। इस कोठरी की दीवार तोड़-कर वह मेरे इतने समीप आ गया है कि लगता है मैं उसे छू लूंगा। मगर मैं जैसे ही उसे छुऊँगा, वह बिखर जाएगा, शायद विलीन हो जाएगा। इसलिए मैं उसे छूना नहीं चाहता। तो फिर मैं क्या चाहता हूँ। मैं स्वयं संसार की एक टहनी हो जाना चाहता हूं। मगर मैं जानता हूँ। मैं नहीं

हो सकता।

शाम पूरी तरह घिर आयी थी। इस अँधेरे ने मुझे उन तमाम चीजों से कितना पृथक् कर दिया था। अँधेरे के उस पार ही वह सब था, जो अभी तक मेरा था। पर अब ? अधिकार की भावना ने मुझे बेचैन कर दिया। मुझे लगा, कोठरी की दीवारें अपना हाथ बढ़ाकर मेरी पीठ खुजला रही हैं और जैसे ही में उन्हें पकड़ने के लिए बढ़ता हूँ, वे हाथ कछुए की गरदन की तरह सिमट फिर इन्हीं दीवारों में लुप्त हो जाते हैं। मुझे अजीब-सी खीझ होती है। मैं चीख पड़ना चाहता हूँ : मुझे मत करो परेशान, मुझे मत छेड़ो।

मगर हर चीज़ मेरे खिलाफ है। अँधेरे में असंख्य बौने उग आए हैं। अपनी नन्हीं-नन्हीं बरछियाँ मुझे चुभा, इसी अँधेरे में विलीन हो जाते हैं। अपने वैराट्य के अहसास पर मुझे क्षण भर को सन्तोष का अनुभव हुआ···एक विचित्र आत्मरति-जन्य सन्तोष। यंत्रणा क्षण भर को सफल जान पड़ी, मगर केवल क्षण भर को। उसके बाद फिर वही अन्धकार, फिर वही पृथकता, फिर वही खीझ।

मन पर कोई नियंत्रण नहीं होता। नींद में अजब-अजब खयाल और स्वप्न मेरा पीछा करते रहे। मैंने देखा, मेरी मौसी विधवा हो गयी है और उसका पुनः ब्याह रचाया जा रहा है। मगर दूल्हे की जगह यह कौन है ? मैं ? मैं हड़बड़ाकर उठ बैठा। छिः, कैसा बुरा स्वप्न है !

और मैं फिर सो गया। सुबह कल का सारा घटना-चक्र, एक भयानक स्वप्न की अस्पष्ट स्मृति-सा, याद था। मगर मनुष्य के अतीत की स्मृति ज्वर की तरह होता है···धीरे-धीरे चढ़ती है और फिर समूची चेतना क्रिया और शक्ति विचित्र-सी अँधेरी गंध में डूब जाती हैं। दिन चढ़ा और दीवारें उभरीं, कैदखाने की निष्क्रिय उदासी और चुप्पी में, तमाम बातें, एक-एक कर मुझे याद आने लगीं। फिर वही···वही चेहरे ···वही लोग···वही फैसला···वही अलगाव।

उफ ! मुझे मार डालो। मुझे तोप के मुँह पर खड़ा कर उड़ा दो। लेकिन यह असह्य है,···बिलकुल असह्य है·· यह प्रतीक्षा···यह क्रमिक मृत्यु !!

सींकचों के अन्दर से थोड़ी-सी धूप आ रही थी और छड़ की लम्बी-

लम्बी छायाएँ गिर रही थीं। मैं इन छड़ों के आगे कितना विवश हूँ! मैं सोच रहा था। एक दिन आदमी स्वयं अपनी बनायी चीजों के सामने घुटने टेक देता है। यह चीजों की मनुष्य पर विजय है। मगर मन पर किसने विजय पायी है? क्या वे मेरे मन को भी भारी-भारी जंजीरों में बाँध सकते हैं? देखो तो, मैं कहाँ-कहाँ उड़ रहा हूँ और उन्होंने मेरे पैरों में बेड़ियाँ डाल रखी हैं। मैं अपने जमाने का प्रमथ्यु हूँ। इस विचार ने मुझे प्रसन्न किया। अपनी प्रसन्नता में छका हुआ मैं कुछ देर खड़ा रहा और धीरे-धीरे धूप चली गयी। कोठरी कुछ और अँधेरी हो गयी है और मेरा मन अस्त हो रहा है। किसी ने ऐसी एकान्त-मृत्यु देखी है!

मृत्यु···मृत्यु···मृत्यु···मृत्युदण्ड···मृत्यभोग। समय के सीने पर अपने नाखून गड़ाकर लिख देना चाहता हूँ···मृत्यु! मेरी पीड़ा को कौन समझेगा? कौन? मेरा प्रश्न मुझ तक लौट आता है और तब मुझे पीड़ा नहीं, झुँझलाहट होती है।

कोई रास्ता नहीं। क्या सचमुच कोई उपाय नहीं? जिस एकाग्रता के साथ मैं बचपन में गणित के सवाल हल किया करता था, कुछ उसी निष्ठा के साथ, इस असह्य यंत्रणा से मुक्ति की सम्भावना पर विचार करने लगा। नहीं, कुछ न कुछ उपाय अवश्य है।

कहते हैं, मनुष्य का मन शैतान का घर है। जरूर होगा। मेरे प्रोफेसर कहा करते थे, असल में देखो तो ईश्वर ने संसार नहीं रचा है, शैतान ने अपना घर बसाया है।

मेरा अपना विश्वास है, आदमी की मुक्ति का मार्ग भगवान नहीं, शैतान जुटाता है। हम सब शैतान के आभारी हैं, जिसने इतिहास में जगह-जगह मुक्ति की खिड़कियाँ खोल रखी हैं, अन्यथा यह इतना बेशकीमती इतिहास क्या एक अधमुँदा गिरिजा या बन्द द्वारों का एक मन्दिर होकर न रह जाता? मगर यह मेरी बात है। जरूरी नहीं कि और कोई इससे सहमत हो।

अगर मनुष्य इतिहास में एक खिड़की खोल सकता है, तो कोई कारण नहीं कि एक मामूली जेल में ऐसा न कर सके।

दीवार के इस पार मेरी दुनिया थी और मेरी टाँग में मोच थी।

किसी को पता नहीं कि मैं उनके कानून, आज्ञा और मर्यादा को तोड़कर अपनी दुनिया की सरहद के अन्दर आ चुका हूँ। अभी थोड़ी देर में भाग-दौड़ होगी, धर-पकड़ होगी और बन्दूकें छूटेंगी। इस खयाल ने मुझे डरा दिया। किसी ने मेरे कानों में कहा, 'भागो'। रात के उस झबरे अँधेरे में मैं लँगड़ाता भागता गया···नहीं जानता किधर ! पहले कँटीली झाड़ियाँ मिलीं, फिर रेत, फिर नदी का पुल। मैं चलता गया और भागता गया। मेरी टाँग में बेहद दर्द था, और मन में आशंका। फिर मैं रुक गया। मैंने सोचा, अब अगर बन्दूक छूटेगी भी तो मुझे सुनायी नहीं देगी। मैं उनकी पहुँच के बाहर आ चुका हूँ। इस खयाल से मुझे कितनी प्रसन्नता हुई। स्वाधीनता का ठीक अनुभव वही कर सकता है, जो कभी बन्दी रहा हो।

मुझे प्यास लग आयी थी। बालू पर उतर कर मैंने चुल्लू में भर-भर कर पानी पिया। नदी का पानी कितना ठण्डा था ! मैंने देखा, नदी का पथ क्षितिज से छिटककर चला जा रहा है। क्या यह मेरी ओर और मेरे लिए ही नहीं आ रहा है ? बल्कि हजारों साल से, यह इसी क्षण की प्रतीक्षा में चला आ रहा है कि एक दिन यहाँ इस अवस्था में, मुझ जैसा एक व्यक्ति आएगा, उसके जल का पान कर अपनी स्वाधीनता का अनुभव करेगा।

मेरी आँखों में सुख के आँसू छलछला आए। तभी पास की झाड़ी में खरखराहट हुई। मैंने चौंककर देखा। कोई जानवर होगा, मैंने मन को तसल्ली दी। मगर पुलिस वाला भी हो सकता है। पुलिस। और लम्बी-सी दीवार और तंग कोठरी ! कितना बेहूदा है यह सब ! स्वाधीनता-पसन्द लोगों की इस दुनिया में कारागृह क्यों हैं ? इस बार खरखराहट मेरे और पास हुई। नहीं जी, होगा कोई जानवर, कोई जंगली सूअर। मगर पुलिस वाला भी हो सकता है। मुझे यह नहीं भूलना चाहिए कि मैं डबल अपराधी हूँ। फाँसी का कैदी, तिस पर फरार। इस बार क्या सजा होगी ? दो बार फाँसी। मैं हँसा और उठ खड़ा हुआ।

नहीं, मुझे जल्दी करनी चाहिए। पौ फटने के पूर्व ही मुझे किसी ऐसी जगह पहुँच जाना चाहिए, जहाँ तक मेरा वारंट न पहुँच सके। मगर

ऐसा कैसे हो सकता है ? चौबीस घण्टों में मेरा वारंट समूचे देश में घूम जाएगा ।

मैंने फिर लँगड़ाते हुए भागना शुरू किया, बल्कि दौड़ना। पूर्व की ओर चल रहा हूँ या पश्चिम ? दिशा का भी मुझे ज्ञान नहीं ? दिशा से मुझे क्या लेना-देना है ?

मेरी टाँगें भर गयी थीं, मगर मैं अपने शरीर को घसीटता हुआ दौड़ा जा रहा था, दिशाहीन। जाने कब पस्त हो गया और जाने कब मैंने सहारा लेने के लिए महुए के पेड़ की एक झुकी हुई टहनी पकड़ ली। थकी हुई नसों और बिथुरती हुई नासिका में, महुए की तीखी नशीली गन्ध भरी जा रही थी। कभी आप महुए के वृक्ष की छाया में खड़े हुए हैं ? बेहोशी किसे कहते हैं, आदमी होश में रहकर ही जान सकता है। महुआ होश वालों की बेहोशी है। मैं बेहोशी की इस अवस्था में, कुछ नींद में और कुछ जाग्रतावस्था में, खड़ा रहा। कुछ अपने वश आया तो देखा, सुबह हो रही थी। सूर्योदय। मैं वह दृश्य कभी नहीं भूल सकता। सामने से सूर्य महाराज की राजसवारी चली आ रही थी और जंगल में एक, दो, तीन, चार, असंख्य किरनें, चिड़ियों की चोंच से गिरे तिनकों की तरह गिर रही थीं। हवा में एक अजब खूबसूरत-सी गंध समाई हुई थी और एक हरितिमा और एक उभरती हुई सफेदी। कोई कुहरा उठा रहा था और धीरे-धीरे जंगल प्रकट हो रहा था। सूर्य महाराज की सवारी चली आ रही थी। मेरी सारी थकान दूर हो गयी और मन एक उमंग से भर गया।

सर्द हवा बह रही थी और जंगल आरपार एक बाँसुरी की तरह बज उठता था। इच्छा हुई कि उसे बाँसुरी की तरह उठाकर ओठों पर रख लूँ। मैं मुक्त हूँ, स्वाधीन हूँ, स्वतन्त्र हूँ। मैंने जोर से चिल्लाना चाहा; ताकि समूचा जंगल मेरी अनुगूँज से भर जाए और दूर चमचमाती सिलेटी पहाड़ियों पर मेरी पुकार लिपिबद्ध हो जाए।

जंगल-जंगल, पहाड़-पहाड़, वर्षों घूमा। कभी साधुओं की जमात में हो लिया, कभी कंदरा में पड़ा रहा। क्या नहीं देखा ? मगर किसलिए ? हमेशा यह प्रश्न मन में कौंधता और ओझल होता रहा। किसलिए ?

मैं इस प्रश्न से कभी छुटकारा नहीं पा सका और न ही उत्तर दे सका। रूसो को भी इस प्रश्न का सामना करना पड़ा होगा।

मैं अधिक देर स्वयं को भटका नहीं सकता था। जाना ही होगा। मुझे वह प्राप्त करना होगा, जो मैंने खो दिया है। मैंने उसी सबके लिए इतने बड़े जोखम को झेल लिया। और क्या अब भी कोई जान सकेगा कि यह व्यक्ति एक कुख्यात अपराधी, एक फरार है। पुलिस की डायरी में भी अब तक मेरा इतिहास धुँधला होकर मिट चला होगा। कभी-कभी अपने मिट जाने का भी कैसा सुख होता है ?

मेरे शरीर पर चोगा, मेरे बढ़े हुए केश और मेरे चेहरे पर झुर्रियाँ। क्या मैं बूढ़ा हो गया हूँ या दुनिया ही कुछ और जवान हो गयी है ? अपने महानगर वापिस आया, तो पहली नजर में सारी चीजें कितनी एकदम परिचित लगीं। सचमुच एकदम परिचित।

बसें जरूर नयी नजर आ रही हैं और देखो तो सब कितने मजे से चल रही हैं, जैसे खिलौनों की तरह किसी ने सड़क पर छोड़ दिया हो। किसने छोड़ा है इन्हें ? मकान नये बन रहे हैं और बस्तियाँ नयी। मगर मैं इसमें से एक-एक को पहचानता हूँ। मैं इनकी हवा को पहचानता हूँ और इनकी गंध को। क्या यह गंध भी मुझे पहचानती है ? मैं अपने विचार पर मुग्ध खड़ा था। सहसा ही मन में प्रश्न उठा, कहीं किसी ने मुझे पहचान लिया तो ? इस 'तो' पर और इस ख्याल पर मुझे दुगनी प्रसन्नता हुई। कोई मुझे पहचान सकता है, यह विचार ही अपने आप में कितना शक्तिशाली है ! मगर इस समय मुझे छिपकर रहना चाहिए, मैं सोच रहा था। अपनी स्वाधीनता मैंने कितनी बड़ी कीमत पर उपलब्ध की है ! क्या इसे जरा-सी लापरवाही से गँवा बैठना बुद्धिमानी होगी ?

मैंने अपने कदम तेज किये और तेज-तेज चलने लगा। मगर मैं किधर चल रहा हूँ ? मुझे हमेशा यह प्रश्न परेशान करता रहा है और इस समय भी मुझे यही परेशानी थी।

मैंने देख लिया था कि मेरे घर पर कोई अन्य आ बसे हैं। मेरी पत्नी या तो मर चुकी थी या उसने अवश्य ही पुनर्विवाह कर लिया होगा। उसके मर चुकने के ख्याल पर मुझे दुख हुआ, विवाह की आशंका पर

डाह। मुझे झुँझलाहट हुई। अगर उसने ऐसा किया है तो अच्छा नहीं किया। उसे मेरी प्रतीक्षा करनी चाहिए थी। मगर क्या पता, वह मर ही गयी हो! मैंने कामना की कि वह मर चुकी हो, और अपने मन में मान लिया कि वह मर चुकी है। किसी की जिन्दगी की कल्पना कितनी कठिन होती है और मौत की कल्पना कितनी आसान! बहरहाल अगर वह जीवित भी होती तो मेरे लिए मृत ही होती।

शहर की लम्बी-लम्बी और चौड़ी-चौड़ी सड़कों पर चलते-चलते मैं थक गया था। शाम हो आयी थी और मैं सोच रहा था, आज का दिन कितना सुखद था। आज मैं पहली बार स्वाधीन हूँ। शहर को अँधेरे ने ढक लिया था और लोग नींद में चलती छायाओं की तरह नजर आ रहे थे। क्या सचमुच ये लोग नींद में चल रहे हैं? और मैं? मैं सो नहीं रहा था, अगले दिन की प्रतीक्षा कर रहा था। किसलिए?

सुबह! फुटपाथ पर अपने कपड़े झाड़कर उठ खड़ा हुआ। कहाँ जाऊँ? यूनिवर्सिटी के करीब पहुँचा तो दिन चढ़ चुका था। यही वह इमारत है जिससे मेरी कितनी स्मृतियाँ गुँथी हुई हैं। मगर अब उनका क्या अर्थ है? और अगर है भी, तो उन्हें दोहराने से क्या लाभ? मैं ठिठक गया। तीनों मेरे विद्यार्थी थे। मैं दावे के साथ कह सकता हूँ, ये तीनों मेरे विद्यार्थी हैं: विद्याधर, सरस्वती शरण, वाणी विलास। मैं उनके पास-पास चलने लगा। तीनों में बहस छिड़ी हुई थी। बहस का विषय था: कविता का शिल्प। मुझे सचमुच बड़ी प्रसन्नता हुई। लगा एक बार फिर मैं अकादमी में आ गया हूँ। मैं ध्यान से सुनने लगा और मेरी इच्छा हुई कि मैं भी कुछ बोलूँ। मगर नहीं, बोलना खतरे से खाली न होगा। क्यों? क्यों ये मेरे विद्यार्थी नहीं? बहस कविता के शिल्प से बढ़ती हुई सामाजिक ढाँचों की पुनर्व्याख्या तक पहुँच गयी थी। मैं और भी ध्यान से उनकी बात सुनने लगा। कभी दो एक साथ बोल रहे थे और तीसरा उन्हें सुन रहा था, कभी तीनों एक साथ बोल रहे थे और कोई किसी की नहीं सुन रहा था। जी में आया कि उन्हें एक अध्यापकीय झिड़की दूँ और कहूँ, बहस करने का तरीका यह नहीं। मगर उन्होंने मेरी ओर नहीं देखा। बहस अब मानव-नियति और इतिहास की अनिवार्यताओं

हो रही थी। अब मुझसे नहीं रहा गया। मेरे मुँह से निकल ही तो गया वाणी विलास। तीनों ने मुड़कर मेरी ओर देखा। मैंने सकपका कर अपना सिर झुका लिया। आश्चर्य ! तीनों मेरी उपेक्षा कर आगे बढ़ गए। उन्होंने मुझे नहीं पहचाना। कोई मेरे कानों में चीख रहा था, उन्होंने नहीं पहचाना।

गुस्से से मेरी मुट्ठियाँ भिंच गयीं और आँखें जलने लगीं। उन्होंने क्यों नहीं पहचाना ? मैंने देखा, अब वे तीनों इतनी जोर-शोर से बहस कर रहे थे कि पता ही नहीं चलता था कि कौन बोल रहा है। सारी बहस एब्स्ट्रेक्ट थी। मैं उनके और समीप आ गया। मैंने उनसे पूछना चाहा, क्या तुम मुझे पहचानते हो ? मैंने सोचा अब इस बार वे मुझे जरूर पहचान लेंगे। मगर मुझ पर एक झुँझलाहट-भरी दृष्टि फेंककर वे आगे बढ़ गये। वे मुझे सचमुच नहीं पहचानते। मैं बयान नहीं कर सकता, इस बात पर मुझे कितना क्रोध हुआ था।

जब वे दूर निकल गये तो मैं एक गहरी निराशा में डूब गया। यह पहला सदमा था।

मैं एक कार के समीप खड़ा था। नहीं जानता, क्यों ? कार खूबसूरत थी या बदसूरत, नहीं कह सकता। मेरा मस्तिष्क उस समय शून्य था, और मैं वहाँ यूँ ही खड़ा था। मैं ही क्यों, क्या यह सब भी यूँ ही नहीं है ? अचानक सामने सिक्का गिरने की आवाज से ध्यान भंग हुआ। देखा, कार पर बैठी स्त्री मुझे बड़ी देर से देख रही थी। उसकी दृष्टि में क्या था ? दया ? मेरे तन-मन में घृणा की एक लहर दौड़ गयी। मुझे दया की क्या जरूरत है और उसने मुझे भिखारी क्यों समझा ? मैं कहता हूँ, उसने मुझे भिखारी क्यों समझा ? मैंने देखा, वह अब भी मुझे देख रही थी। मैंने मुँह ठीक आसमान की ओर किया, मुँह में थूक इकट्ठी की, कार पर कस कर थूका और चल दिया। कुतिया !

मैं जब काफी दूर निकल आया तो उस स्त्री का शरीर ख्याल में उभरने लगा। इच्छा हुई उसे नोंच डालूँ और अपनी भुजाओं में पकड़ कर तोड़ दूँ। मेरी रगों में गर्म-गर्म लहू दौड़ने लगा था और परेशानी होने लगी थी। स्त्री का शरीर ! कितने दिन हो गये प्राप्त किये ! मुझे सच-

मुच परेशानी हो रही थी।

क्या इनमें से किसी को भी मेरी परेशानी का अन्दाज है ? मैंने एक बस स्टैंड पर खड़ी नर-नारियों की लम्बी कतार पर दृष्टिपात करते हुए सोचा। मैं देख रहा हूँ, यह क्यू बनी हुई है, यथावत् है। कोई अखबार पढ़ रहा है, कोई मूंगफली चबा रहा है और सब लोग क्यू में खड़े हैं। ये लोग कल भी खड़े थे और कल भी खड़े रहेंगे और क्यू कभी भी खत्म नहीं होगी। मैं कहता हूँ, ये लोग क्यू तोड़ क्यों नहीं देते ? सालो ! मैं पूछता हूँ तुम लोग क्यू तोड़ क्यों नहीं देते ? तुम लोग कब तक प्रतीक्षा करते रहोगे ? मैं जानता हूँ वे मेरे प्रश्न का उत्तर नहीं दे सकते। जरा देर के लिए मुझे अपने बड़प्पन का भान होता है··· मगर वे अब भी खड़े हैं। ये लोग कितने शांतिप्रिय हैं और सन्तुष्ट हैं। गधो ! तुम लोग इतने सन्तुष्ट क्यों हो ? मैं एक-एक का मुँह नोंच लूँगा। मैंने दो को धक्का दिया, तीन को गिराया और भागता हुआ सड़क के उस पार चला गया। हरामजादे मुझे हैरत से देख रहे हैं।

थोड़ी देर में देखता हूँ, सड़क पर भीड़ की भीड़ आ रही है, जा रही है साइकिलें, बसें, आटो, टैक्सियाँ, कारें, पैदल···बाढ़ का पानी जब बिलों में प्रवेश करता है, तो चूहे किस तरह भागते हैं ! सैकड़ों, हजारों, असंख्य। तुम में से कोई मुझे नहीं पहचानता। मगर मैं तुम सब को पहचानता हूँ। मगर यह तो बताओ, तुम लोग जा किधर रहे हो ? आ तो रहे हो तुम लोग अपनी माँ के पेट से, पर जा किधर रहे हो ? अरे रुको···ए भाई! अबे ओ ! रुक, मेरे सवाल का जवाब तो देता जा। तू किधर जा रहा है? देखो तो इस कुतिया के ओठों पर लिपस्टिक किस भद्दे ढंग से पुती हुई है ! चल तू ही बता ; तू ही मेरा समाधान कर मैंकहता हूँ मैं एक टैंक लेकर तुम सबको कुचल डालूँगा। मगर नहीं मैं इन्हें नही कुचलूँगा। भाइयो ! जरा मेरे प्रश्न का उत्तर तो देते जाओ। देखो, मैं एक अध्यापक तुमसे जवाब माँग रहा हूँ मेरी बात जरा गौर से सुनो। कोई नहीं सुनता। आ भाई ! पुलिस वाले! इन सब का चालान कर। इन्हें रोक, इन्हें हाथ दिखा। मेरे कानों में करोड़ों ध्वनियाँ भिनभिना रही हैं···किसका क्या अर्थ है··· ध्वनियाँ···अर्थहीन ध्वनियाँ ! कान के पर्दे फट जाएँगे और मैं पागल हो

जाऊँगा, यद्यपि कान के पर्दे फटने से आज तक कोई पागल नहीं हुआ है।

मैं भीड़ में घुस गया। एक कार की खिड़की का शीशा तोड़ा, एक की साइकल गिरायी, दो को चपतियाया, एक को चूमा और जब तक वे मेरी ओर लपकें, मैं भाग खड़ा हुआ। मैं भागता गया और एक सिनेमा हॉल के पास जाकर दम लिया। सोचा, शायद अब भी वे मेरा पीछा कर रहे हों। मगर नहीं, उनमें से कोई भी वहाँ नहीं था। वे सन्तुष्ट लोग हैं। प्रतिहिंसा उनके यहाँ वर्जित है।

मेरे सामने आदमकद पोस्टर खड़े थे…नहीं, वे युवतियाँ थीं। मैं बूढ़ा हो चला हूँ, दृष्टि कमजोर हो गयी है। आदमी को पोस्टर समझ लेता हूँ। वे कैसी लबालब हैं ! वे दो हैं और दोनों की छातियाँ कितनी टच खड़ी हैं ! वे सिनेमा की टिकट न मिलने से परेशान हैं और बड़ी ही भावपूर्ण मुद्रा में खड़ी हैं।

वे परेशान हैं…और जरूर ही मेरी परेशानी समझेंगी। मैं उनके जरा करीब आ गया। एक ने मुझे देखा और हौले से कहा शौहदा !" मैं उन दोनों के और भी करीब हो आया। तब दूसरी ने कहा,"पक्का गुण्डा है।" मैं गुण्डा हूँ !

मैं उनके बिलकुल समीप हो आया, इस बार दोनों घबरा गयीं उनकी छातियाँ भय में एक बार थरथरा गयीं। अभी मैं इनकी शलवार खींच दूँ तो! तो ये रो देंगी। उनके रोने के ख्याल पर मैं बहुत मुग्ध हुआ। कितना मौलिक विचार है ! विचार मौलिक है मगर रोना नहीं। सब लोग एक ही ढंग से रोते हैं। मेरे पिता की मृत्यु हुई थी, तब भी उसी ढंग से रोये थे और जब टॉमी मरा था, तब भी उसी ढंग से। इतना-इतना आँसू कहाँ से आता है ?

मैं हट क्या गया, उन्हें राहत मिली। मैं शर्तिया कह सकता हूँ, इतनी दूर से वे बिलकुल पोस्टर नजर आ रही थीं, भद्दे रंगों के दो पोस्टर। मेरे चारों ओर पोस्टर ही पोस्टर थे, जाने काहे-काहे के पोस्टर ! मैंने झुंझला कर उन्हें उखाड़ना शुरू किया।

"अबे ! साले !"

"अबे ! ओ !"

"लगाओ हरामजादे के दो लात !"

वे मुझ पर पिल पड़े। मगर मैं भी कोई मामूली पट्ठा थोड़े ही हूँ। हरामजादो ! मैं तुममें से एक-एक को उखाड़ डालूंगा। दीवारें नंगी कर दूंगा। छोड़ो, मुझे छोड़ो। उन्होंने मुझे छोड़ दिया। मेरी काफी मरम्मत हो चुकी थी। और चोगा तार-तार हो गया था। मुझे अपने नंगे होने का दुख था। वे दोनों जनी मुझे सहानुभूति की दृष्टि से देख रही थीं।

मेरे कानों में अब भी उनकी आवाजें गूंज रही थीं: मारो साले को ! अबे ओ !

मैं फिर मुख्य मार्ग पर आ गया। भीड़ वैसी ही बरकरार है। लोग आ रहे हैं···जा रहे हैं। हरामजादो ! ओ भाइयो ! मेरी ओर देखो। मैं नंगा खड़ा हूँ। मैं एक लैम्प-पोस्ट से टिककर खड़ा हो गया हूँ। मैं सो रहा हूँ या जागता हूँ। मुझे नींद नहीं आने की बीमारी है। मैंने आँखें भींच लीं और भींचे ही रहा। कितनी देर यह होता रहा; स्मरण नहीं। जब आँखें खोलीं तो देखा चमकदार पानी सड़क पर झपाटे मार रहा था। बाढ़। पानी कितनी तेजी से बढ़ रहा है। लो वह दीवार पर चढ़ चला। दीवार झिलमिला रही है। भागो! अरे भागो ! भागो हरामजादो ! भागो !

मैं बेतहाशा भागा जा रहा था। शहर की सारी दीवारों पर चमकदार पानी चढ़ गया। चलो अच्छा हुआ। अभी सारी इमारतें अर्रा कर गिरेंगी। इमारतें गिर जाने के ख्याल से मुझे बेहद प्रसन्नता हुई। मैं खड़ा होकर हँसने लगा। तब मैंने देखा पानी मेरी ओर झपट रहा था। भागो। मैंने चिल्लाकर कहा। आखिरकार उन्होंने मुझे पकड़ लिया। मेरे गालों पर कई चपतें लगायीं। मैंने देखा, वे मुझे घेरे खड़े थे। फिर एक ने कहा, "पागल है।" और उन्होंने मुझे छोड़ दिया। उनमें से एक हरामजादा नवयुवक था। पकड़कर एक सैलून में ले गया ; मेरे सिर में इलेक्ट्रिक मसाज कराया, रेस्तराँ में मुझे काफी पिलायी और चौमुहाने तक मुझे छोड़ने आया। मैंने उसे सड़क पर ढकेल दिया और भाग निकला मेरी आँखों में आँसू आ गये थे और टाँगें जवाब देने लगी थीं। मुझे पक्का यकीन है, वे सब मेरा पीछा कर रहे थे, मुझे पत्थर मार रहे

थे। नहीं, मैंने रुक कर देखा, वे एक-दूसरे का पीछा कर रहे थे और एक-दूसरे को पत्थर मार रहे थे। मारो ! मारो !! मैंने चिल्लाना शुरू किया। तब तक एक ढेला मेरे माथे पर आकर लगा। फिर दूसरा, फिर तीसरा। मेरे माथे के अन्दर हजारों ढेले लग रहे थे। हजारों ध्वनियाँ, हजारों आकृतियाँ और चारों ओर घिरी एक दीवार जिससे उखड़-उखड़ कर न जाने कैसे-कैसे चेहरे किधर चले आ रहे थे। मैं पसीने-पसीने हो गया था। मेरा दम घुटा जा रहा था। ओफ! मेरे कान के पर्दे फट जाएँगे और मैं पागल हो जाऊँगा। मैंने अपने कानों में अँगुली डाल ली और पलकें भींच लीं। मगर तब भी एक भयानक शोर से मेरा माथा फटा जा रहा था और सब कुछ उस चमकदार पानी में डूब रहा था।

यद्यपि मेरे पैरों में शक्ति नहीं थी और मैं प्रायः टूट चला था, तथापि मैंने अपनी सारी चेतना और समस्त बल एकत्रित कर फिर भागना शुरू किया। मैं भागता गया···भागता गया। और लो! मैंने कोतवाली में जाकर समर्पण कर दिया। मैं आपको विश्वास दिलाना चाहता हूँ कि जिस क्षण मैंने आत्मसमर्पण किया, मैं पूरी तरह होश में था, मुझ पर कोई दबाव नहीं था, न किसी प्रकार की विवशता।

मैं शान्ति के साथ सूली की प्रतीक्षा कर रहा हूँ।

[1958

चबूतरा

गौएँ कटी हैं। सिर पर काली टोपी लगाए चबूतरे पर चढ़ते हुए गंगाधर ने कहा।

मोहल्ले के बीचोबीच एक नीम का पेड़ था, जिसके नीचे मोहल्लेवालों ने एक चबूतरा बना दिया था, जो अक्सर उनके बैठने और समय काटने के काम आता था। आसपास कुछ पौधे भी लगा दिये थे, जिससे शाम के समय वहाँ बैठकर बूढ़े लोगों को पार्क का मजा आ जाता था। चुनाव के समय वह सभामंच में परिणत हो जाता था। मगर पिछले कुछ वर्षों से मोहल्ले के कांग्रेसियों के लगातार विरोध के बावजूद जनसंघियों ने उस पर कब्जा जमा लिया था। म्युनिसिपल कमेटी से लिखा-पढ़ी कर एक बार तो उन्होंने उन्हें उस चबूतरे से बेदखल करा दिया था; मगर कुछ दिनों बाद संघी उस पर फिर आ जमे थे और साधारणतया किसी और को उस पर सभा नहीं करने देते।

अनुभवी कांग्रेसी जानते थे कि यह चबूतरा उनके हारने की बहुत बड़ी वजह है और जब तक यह रहेगा तब तक वे हारते रहेंगे। उन्होंने तय किया इस चबूतरे के ठीक सामने वे एक और चबूतरा बनवाएँगे। सवाल था चबूतरा बनाये कौन ? उन्होंने कई बार पार्टी को लिखा, दो-एक बार प्रांतीय सरकार से शिकायत की, मगर किसी ने इस ओर ध्यान नहीं दिया। तब उन्होंने तय किया कि मोहल्ले वालों के सहयोग से, श्रमदान कर, स्वयं ही चबूतरा बनाएँगे। मगर श्रमदान दो दिन चलकर ठप हो गया। बात यह थी कि श्रमदान के दो प्रमुख नेताओं में झगड़ा होकर रह गया। एक ने पाया कि दूसरे ने संवाददाता को मिलाकर हाथ

में फावड़ा लिए हुए अकेले अपनी फोटो अखबार में छपवा ली। दूसरे दिन वह दूसरा धूप में दोपहर भर फावड़े से मिट्टी फोड़ता रहा। मगर तब भी अखबार वाला नहीं आया। वह समझ गया कि प्रतिद्वन्द्वी ने अखबार वाले को मना कर दिया है। 'संस्था के दुश्मन संस्था के अन्दर हैं।' फावड़ा फेंकते हुए उसने कहा और अपने साथियों से प्रस्ताव किया कि वे सब असहयोग करें। आम प्रचार के लिए किये गये कार्य के भागीदार वह सब नहीं होंगे। वे सब निष्ठावान कांग्रेसी हैं। इस प्रकार जब अनेक योजनाओं के बावजूद चबूतरा नहीं बना तो उन्होंने फैसला किया कि रातोंरात जनसंघियों का चबूतरा तोड़ दिया जाए। मगर उन्होंने पाया कि अपनी लाठी सिरहाने रख हाफ-पैंट पहने एक स्वयंसेवक सर्दी, गर्मी, बारहों महीने चबूतरे पर सोता है। जानवर है, जानवर! उन्होंने कहा और यह निर्णय करते हुए लौट आये कि इस सम्बन्ध में वे प्रांतीय सरकार को लिखेंगे।

चबूतरे पर बैठते हुए गंगाधर ने जब गौएँ कटने की बात कही, तो आसपास के लोग चौंक गये और खिचकर चबूतरे की ओर बढ़ आये। "कहाँ कटी हैं गायें ?" मोहल्ले के सबसे पुराने किराना-मर्चेंट लाला धनीराम ने अपनी दुकान से बाहर निकलते हुए पूछा। उनके साथ उनका लड़का जानकी भी निकल आया था, जो दिन-भर पड़ा-पड़ा या तो 'जेबी जासूस' पढ़ा करता या फिलम जगत् से संबंध रखने वाली पत्रिकाएँ। अंग्रेजी वह केवल दो क्लास पढ़ा था, मगर अभिनेत्रियों की तस्वीरों के लिए 'फिलम फेयर' भी खरीदता था। उसने अपने कमरे की कच्ची और धुआँ-रंगी दीवारों पर जगह-जगह अभिनेत्रियों की तस्वीरें और सिगरेट कम्पनियों के कैलेंडर लगा रखे थे।

"अभी क्या है! अभी तो हिंदू स्त्रियां और बच्चे कटेंगे।" भीड़ इकट्ठी होते देख गंगाधर ने कहा। "समस्त भारत भूमि अपनी संतानों के रक्त में डूब जाएगी। आर्यावर्त से हिन्दू धर्म हमेशा के लिए समाप्त हो जाएगा।"

"मगर गायें कटी कहाँ हैं ?" धनीराम ने झुंझलाते हुए कहा। उसे भय था कि गायें मुहल्ले में ही न कटी हों। "करीमगंज में !" गंगाधर ने उपेक्षा से उन्हें देखते हुए कहा।

"मुसड्डों ने काटी हैं ?" भीड़ को चीरते हुए मुहल्ले के कसरती शूरमा जगमोहन ने अपनी बैठी हुई आवाज़ में पूछा। उसका क़द नाटा था और शरीर चौड़ा। उसके चौड़े शरीर पर उसका छोटा-सा सिर बेढब लगता था। पढ़ाई उसने कई साल से छोड़ रखी थी और हर समय बदन बनाता था तथा शाखा का काम देखता था। वह रोज़ पाँच सौ दण्ड और दो सौ बैठक लगाता। सुबह दो सेर दूध पीता और रात आध सेर रबड़ी ! उसने आजन्म ब्रह्मचारी रहने का व्रत लिया था। पिछले पन्द्रह साल से वह नियम के साथ शाखा जाता था। बीमार वह नहीं पड़ता और जब पड़ता खूब ठण्डे पानी में नहाकर आसन करता। दवाएँ वह नहीं लेता। सुबह शाखा जाता। शाखा से लौटकर तैराकी के लिए शहर के बाहर तालाब चला जाता और दिन चढ़े वापस आता। गीली लंगोट उसके कंधे पर पड़ी होती। इस समय भी लंगोट उसके कंधे पर पड़ी हुई थी।

गंगाधर ने देखा माथे पर आँचल खींचती हुई उसकी पत्नी सावित्री और हाथ में पानी का एक लोटा लिए हुए उसकी बेटी पार्वती उसकी ओर आ रही थीं। सावित्री उस से पाँच साल छोटी थी, मगर लगती उससे दस साल बड़ी थी। उसके केश पक गए थे और चेहरे पर झुर्रियाँ आ चली थीं। गंगाधर का बदन कसरती था और पचपन का होकर भी वह चालीस-बयालीस से अधिक नहीं लगता था। सारा जीवन उसने संयम के साथ निबाहा था। शुरू से ही उसे हिन्दू धर्म में अटूट आस्था थी और तमाम उत्थान-पतन के बावजूद उसकी निष्ठा कम नहीं हुई थी। बीस वर्षों तक वह शाखा लगाता रहा और अब भी तड़के चार बजे ही उठकर मुहल्ले के लड़कों को शाखा भेजकर स्वयं टहलने जाता। शहर के बाहर अमरूद के बगीचे में जाकर दातौन करते और सूर्योदय होते-होते जब घर लौटकर आता तब उसका चेहरा दमक रहा होता, जैसे वह शहर के बाहर किसी झोंपड़ी में सो रहे सूरज को झकझोर कर, जगाकर शाखा की ओर लिये चला आ रहा हो। सारा दिन वह संस्था का काम देखता और रात को सत्संग करता। सन् अड़तालीस में जब महात्मा गांधी की हत्या के बाद अलग-अलग शहरों में गिरफ्तारियाँ हुई थीं तब

वह भी जेल गया था, जिसके संस्मरण वह अब भी सुनाता था। जब सावित्री और पार्वती दोनों ही चबूतरे के निकट आ गईं तो बेटी के हाथ से लोटा लेकर गट-गट पूरे दो गिलास पानी पीने के बाद उसने कहा, "हाँ, मुसलमानों ने काटी हैं, गायें।"

गर्मी बहुत थी और भीड़ को पसीना आ रहा था। मगर पूरी खबर जाने बिना वे वहाँ से हट भी नहीं सकते थे।

"किसने देखी हैं गायें कटती ?" धनीराम ने गंगाधर को शंका की दृष्टि से देखते हुए प्रश्न किया।

"पुजारी जी की कन्या को स्वप्न दिया है, देवी ने।"

"क्या स्वप्न दिया है ?" भीड़ चीरकर अपने लिए जगह बनाते हुए सूती और फैंसी कपड़ों के विक्रेता गजाधर प्रसाद ने पूछा। भीड़ का ध्यान प्रश्नकर्ता की ओर खिंच गया। मुहल्ले में अकेला तिमंजिला मकान गजाधर प्रसाद का था और लोगों ने उसके विषय में मशहूर कर रखा था कि उसके घर में एक तहखाना है। सेठ दिनभर कपड़ा बेचता है और रात अपने तहखाने में कपड़ा बुनता है। गजाधर को इन अफवाहों से बहुत चिढ़ थी। मगर उनसे भी अधिक चिढ़ उसे धनीराम से थी, जिसके शरीर से उसे बदबू आती थी।

"माँ ने स्वप्न दिया है कि इतने हिन्दुओं के रहते, चार गायें कटी हैं। बदले में वह महामारी से चार हजार हिन्दुओं के प्राण लेकर तृष्णा शांत करेगी। हिन्दू-संतति नष्ट होकर रहेगी। माँ का क्रोध निष्फल नहीं जाता।" गंगाधर को लगा, वाक्य समाप्त करते-करते उसका कंठ भर आया है।

"मगर सपना गलत भी तो हो सकता है।" गजाधर ने मन ही मन डरते हुए प्रश्न किया और प्रश्न करने के बाद उसे लगा, उसने साँप की बाँबी में हाथ डाल दिया।

"क्या कहा ?" गंगाधर ने गरजते हुए कहा। "माँ की भविष्यवाणी गलत होगी ?" फिर संयत होते हुए कहा, "कुछ खबर है। अब तक सात आत्माएँ भेंट हो चुकी हैं।" और अपनी टोपी उतारकर हाथ में रख ली।

चबूतरे के ठीक सामने बिन्दाप्रसाद टेलर मास्टर की दुकान पर बैठा हुआ मुहल्ले का कांग्रेसी उम्मीदवार रामरतन तमाम वार्तालाप सुन रहा था। उसका मकान कुछ घर छोड़कर था। मगर जब भी चबूतरे पर कोई बैठक होने लगती, वह टेलर मास्टर की दुकान पर आ बैठता और मास्टर से मशीन रुकवा कान लगाकर उन सबकी बात सुनता। पहले मास्टर ने उसे कई बार मना किया, वह उससे मशीन रोकने का आग्रह न किया करे। काम में हर्ज होता है। मगर बाद में उसे भी बातें सुनने और करने में मजा आने लगा। वह रोज हिन्दी का दैनिक समाचार पत्र ध्यान से पढ़ता और रामरतन से राष्ट्रीय और अन्तर्राष्ट्रीय समस्याओं पर बहस करता। वह रामरतन को भी मास्टर कहता था। उसने अपनी दुकान का बोर्ड भी बदलकर बड़े-बड़े अक्षरों में पेंट करा दिया था, 'नेशनलिस्ट टेलरिंग शाप। खादी के कपड़ों की बढ़िया सिलाई की एक मात्र दुकान' !

मगर रामरतन को राष्ट्रीय और अन्तर्राष्ट्रीय समस्याओं में बहुत दिलचस्पी नहीं थी। वह सारा समय नगर और नगर से भी अधिक मुहल्ले की राजनैतिक समस्याओं पर विचार-विमर्श करता। वह दस साल इस वार्ड से नगरपालिका का सदस्य रहा था। मगर पिछले दो चुनावों में बराबर हारता गया था। जब वह नगरपालिका का सदस्य था, तब मोहल्ले वालों ने उससे कई बार कहा कि वह मुहल्ले में एक पक्की सड़क बनवा दे और जगह-जगह पड़े गन्दगी के ढेर साफ करवाने की व्यवस्था करे। मगर वह हमेशा यह कहकर टाल देता कि कमेटी इस पर विचार कर रही है और कमेटी मुहल्ले के लिए जो रकम मंजूर करती, उससे वह अपने घर का सहन पक्का करवाता। उसके पिछवाड़े से निकलकर सीमेंट की एक छोटी-सी सड़क एक नजूल प्लॉट तक जाती थी, जिस पर शाम के समय वह अपने कार्यकर्ताओं के कन्धों पर हाथ रखकर टहलता और गोपनीय चर्चा किया करता था। पहला चुनाव वह एक निर्दलीय उम्मीदवार के विरुद्ध हारा था। दूसरे चुनाव में उसने निर्दलीय उम्मीदवार को पटा लिया था और जनसंघ से पराजित हुआ था। मुहल्ले में संघियों की बढ़ती हुई शक्ति से वह परिचित हो चुका था। वह जानता

था कि अगले चुनाव में भी वह उनसे हारेगा। एक बार तो उसकी इच्छा हुई थी कि वह तमाम ताम-झामं फेंककर जनसंघ में शामिल हो जाए। मगर एक तो कोई गारंटी नहीं थी कि जनसंघ उसे चुनाव का टिकिट दे ही देगी; दूसरे संस्था की निष्ठा आड़े आती थी। एक बार संस्था के विरुद्ध खड़े होने पर संस्था उस पर अनुशासन की कार्रवाई कर उसे निष्कासित कर देगी। छः साल बाहर रहने की कल्पना से वह सिहर उठता था। वह संस्था का प्रमाणित सदस्य था और रोज जाकर पार्टी-आफिस में बैठ जाता। उसे विश्वास था पार्टी में उसकी बात ध्यान से सुनी जाती है। उसने तय कर लिया था कि अगला चुनाव वह अवश्य जीतेगा और इसके लिए उसे जो कुछ करना पड़े, करेगा।

चबूतरे की भीड़ को वह डाहभरी दृष्टि से देख रहा था और जब गंगाधर ने देवी के सपने वाली बात कही तो उससे नहीं रहा गया। वह उठा और तेज़ी के साथ नीचे उतर पड़ा। उसने सुना, टेलर मास्टर उसे पुकार कर कह रहा है, "मास्टर, राष्ट्र-विरोधियों की भीड़ की ओर मत जाओ।"

चबूतरे से कुछ दूर रुककर अपनी आवाज़ ऊँची करते हुए उसने कहा, "गंगाधर विध्वंसवादी है।"

"क्या कहा ?" गंगाधर ने आवेश में चबूतरे से उतरत हुए कहा।

"क्या सबूत है कि पुजारी की बेटी को देवी ने सपना दिया है ?" उसे गंगाधर से कोई डर नहीं था। गंगाधर का नाम अब तक पुलिस में दर्ज था और पुलिस अब भी उस पर निगरानी रखती थी।

"जाकर पूछ लो।" गंगाधर ने चिढ़कर कहा और रामरतन की ओर मुखातिब हो रही भीड़ को अपनी ओर समेटने की कोशिश में फिर चबूतरे पर चढ़ गया। "बुलाओ उसे।" रामरतन ने भीड़ का रुख अपनी ओर देख प्रोत्साहित होते हुए कहा।

"पुजारी जी की कन्या यहाँ आएगी ?" उसने देखा सावित्री के ओंठ क्रोध में फड़फड़ा रहे हैं।

"तो पुजारी को बुला लो।" रामरतन ने अपनी बायीं आँख दबाते हुए आत्मविश्वास के साथ कहा। उसे मालूम था कि पुजारी कभी उसके

खिलाफ नहीं जाएगा। वह कई वर्षों से जानता था, जब से बड़े पुजारी स्वर्ग सिधारे थे। बरसों पहले पुजारी जी के हाथों एक महिला को हमल रह गया था। तब उसने बहुत भाग-दौड़ कर मामला रफा-दफा करवाया था। पुजारी उसके उपकार पर बिका हुआ था।

उसने देखा कि पहले ही दो काली टोपियाँ पुजारी को संग लिये चली आ रही हैं। दुबला-पतला पुजारी उनके बीच बन्दी नजर आता था। रामरतन ने देखा और पुजारी के बिलकुल समीप जाकर कहा, "पुजारी भैया! क्या सपना आया था रात तुम्हारी बिटिया को?"

पुजारी ने गंगाधर को देखा। "हाँ, हाँ, कहो।" गंगाधर ने पुजारी से कहा और उस पर अपनी दृष्टि गड़ा दी। पुजारी ने एक बार रामरतन की ओर देखा, फिर गंगाधर की ओर। फिर अपना सिर झुका लिया और बोला, "मैया बोली हैं कि जब तक गौओं का बदला नहीं चुकेगा, महामारी नहीं थमेगी।"

"सुना?" हर्ष में चबूतरे से कूदकर नीचे आते हुए गंगाधर ने कहा।

क्षण-भर को स्तब्ध रहकर रामरतन ने कहा, "पुजारी साला लम्पट है।"

"पुजारी को गाली मत दो।" जगमोहन ने चबूतरे पर अपनी लाठी पटकी।

"क्यों नहीं देंगे गाली!" रामरतन ने पाया कि उसकी आवाज भीड़ के शोर में खो गयी है।

"जब तक मुसड्डे रहेंगे, अधर्म रहेगा।"

"जब तक अधर्म रहेगा, महामारी रहेगी।"

"मुसड्डे पाकिस्तान क्यों नहीं चले जाते?"

टेलर मास्टर अपनी दुकान से उतर आया था और रामरतन का हाथ पकड़कर कह रहा था, "मास्टर, यहाँ से चलो। यह सम्प्रदायवादियों की भीड़ है।"

मगर रामरतन ने झटक कर अपना हाथ छुड़ा लिया था और सोच रहा था, क्या किया जा सकता है?

तभी उसने सुना, भीड़ को चीर कर किसी की आवाज आयी, "यह सपना झूठ है।" उसने देखा कि भीड़ के पीछे गंगाधर का नवयुवक भानजा अपनी साइकल रोककर खड़ा था और लोगों से कह रहा था कि इस वैज्ञानिक युग में देवी-देवताओं के सपनों की बात सच नहीं मानी जा सकती। उसे बचपन से काली टोपी से चिढ़ थी। जब वह उन सब को दण्ड-बैठक करते देखता तो उसे बेहद कोफ्त होती।

"तू चुप रह। बड़ों-बड़ों के बीच में मुँह मारता है!" सावित्री ने अपने भानजे को झिड़कते हुए कहा।

मुहल्ले की और भी स्त्रियाँ निकल आयीं और सावित्री से कह रही थीं, "तुम्हारा भतीजा तो कलट्टर है। उससे कह पकड़वा क्यों नहीं देतीं मुसड्डों को!"

भतीजे का ख्याल आते ही सावित्री को लगा वह अपराधिनी है। भतीजे ने उसे याद नहीं किया तो क्या हुआ। उसे तो उसकी खबर लेनी थी। उसका मन आर्द्र हो उठा और उसने मन ही मन में फैसला किया कि वह कल ही भतीजे के कल्याण के लिए महावीर जी के मन्दिर में लड्डू चढ़वाएगी।

स्त्रियों की बात सुन पुरुषों में से किसी ने कहा, "अफसर क्या करेंगे! सरकार भी तो मुसड्डों की है।"

जवाहरलाल का नाम सुनते ही रामरतन को लगा उसकी भुजाओं में बल आ गया है और वह इतना कमजोर नहीं है।

"जवाहरलाल को कुछ मत कहो।" उसने चिल्लाकर कहा। उसे याद आया कि चुनाव के समय पार्टी एक पोस्टर बाँटती है, जिस पर जवाहरलाल की बहुत बड़ी तस्वीर होती है और सामने लिखा होता है, 'बैल जोड़ी छाप को वोट देकर कांग्रेस को मजबूत बनाइये।' रामरतन उन पोस्टरों के नीचे छपवा देता था, 'आप अपना बहुमूल्य मत मुहल्ले के तपस्वी कार्यकर्ता श्री रामरतन को ही प्रदान करें।'

अतः उसने चीखकर कहा, "जवाहरलाल को कुछ मत कहो।"

उसने सुना भीड़ में भी कुछ लोगों ने उसकी बात दुहरायी, "हाँ, हाँ, जवाहरलाल को इस झगड़े में लाने की जरूरत नहीं। जवाहरलाल को

कुछ मत कहो।"

उसने देखा काली टोपी वाले शांत पड़ रहे थे। तब उसने नारा लगाया, "पंडित जवाहरलाल नेहरू की…?" प्रत्युत्तर में उसने पाया पाँच-सात लोगों ने कहा, "जय।"

उसने और अधिक चीखकर कहा, "पंडित जवाहरलाल नेहरू…?"

इस बार दस-पन्द्रह लोगों ने कहा, "जिंदाबाद।"

उसने तीसरी बार गला फाड़कर नारा लगाया, "पंडित जवाहरलाल नेहरू ..?"

वह बार-बार नारे लगाने लगा और नारे लगाता हुआ भीड़ को हाँक ले चला।

चबूतरे के पास गंगाधर, सावित्री, पार्वती, और दो-एक कार्यकर्ताओं के सिवा कोई नहीं रह गया था। काली टोपी लगाये और हाफ पैंट पहने अपने रिक्शे से उतर, गंगाधर के समीप आ, उसके कंधे पर हाथ रखते हुए कार्यप्रमुख चिंचोलकर ने कहा, "गंगाधर! जानते हो हमारा सबसे बड़ा शुत्र कौन है ?"

उन सब के चले जाने के बाद चबूतरा बिलकुल सुनसान हो गया था। केवल कुछ दूर खड़ा जानकी तल्लीन होकर फिल्मी मासिक पढ़ रहा था। जितनी देर यह सब होता रहा, वह अभिनेत्री निम्मी से एक मुलाकात पढ़ता रहा। और यद्यपि वह हिज्जे कर-कर पढ़ता था, फिर भी इस तमाम देर में उसने वह समूचा इंटरव्यू पढ़ डाला था और बहुत अभिभूत हुआ था। अब वह सामने के पृष्ठ पर छपा, बाल घुँघराले करने की दवा का विज्ञापन पढ़ रहा था। उसने देखा था कि अधिकांश अभिनेताओं के बाल घुँघराले होते हैं। उसने तय किया कि वह अपनी दुकान तो नहीं, किसी दोस्त के पते पर यह दवा जरूर मँगवाएगा।

[1959

लॅ बोहीम

सूने तालाब पर फेंका हुआ एक छोटा-सा कंकड़। एक हल्की-सी अशान्ति। एक छोटी-सी लहर उठती है और गोल-गोल समूचे तालाब में फैल जाती है। किनारे पर खड़े इमली के पेड़ की छाया काँप जाती है और देर तक काँपती रहती है। बँधे हुए जल का स्थैर्य, उसका संयम है या विवशता ? सूने में खड़ा इमली का पेड़ मानों प्रश्न करता है, और अपने ही प्रश्न से चौंक कर, पानी में न जाने कितने काल तक काँपता रहता है। एक अनोखी हलचल। मगर मैं लॅ बोहीम के अपने प्रिय कोने की मेज पर बैठा हुआ, असल में, यह नहीं सोच रहा था। न ताल था, न इमली का पेड़। न फेंका हुआ कंकड़। एक आत्मीय अंधकार था, जिस पर गुमसुम बैठी हुई मद्धिम आलोक की बत्तियाँ थीं। स्त्री और पुरुष अपनी-अपनी कॉफी की प्यालियों पर या प्रेम पर या दुख पर झुके हुए थे या ठहरे हुए थे। उस अँधेरे में एक सुखद शीतल ठहराव था; मगर कौन जानता है, लोग अपने-अपने ठहराव पर अनसुने पेड़ की तरह काँप रहे हों। मगर उस ठहराव में मुँदा और सिमटा हुआ, उस समय, मैं यह नहीं सोच रहा था।

काफी के जितने नखरे हो सकते थे। उस रेस्तराँ के मीनू में मौजूद थे, जिन पर हमेशा की तरह, वे दोनों नजर दौड़ा रहे थे। एसप्रेसो विथ मिल्क, एसप्रेस विथ क्रीम, कैपुचिना, वियेनीज, वेल्जियन···।

उस स्त्री की बाँहें, जरूरत से ज्यादा मांसल थीं; उस स्त्री की साड़ी का पल्लू, उसके कंधों से फिसलकर बाँह पर आ गिरा था। उसके ओठ इतने पतले क्यों थे ? और वे चारों कमसिनें हँस-हँस कर इस तरह

दोहरी हुई जा रही थीं कि उनके गालों में गड्ढे पड़े जा रहे थे और मेरी इच्छा हो रही थी कि मैं उन गड्डों में एक चम्मच चीनी भरकर चूम लूँ। जरा पुरुषों को देखो। वे गम्भीर, बदसूरत और बेवकूफों की तरह बैठे हुए हैं। जैसे सारी दुनिया का दर्द हमीं ने ओढ़ लिया हो। मगर मैं उस समय उनमें से किसी को नहीं देख रहा था। मैंने मेज के बीचोबीच झूलते हुए बल्ब का स्विच ऑफ कर दिया; अँधेरा धम से कूदकर मेज पर आ बैठा। अँधेरे ने हम तीनों को इकट्ठा कर दिया; जैसे एक काली छतरी के नीचे हम एक नियतिवश इकट्ठे हों। बैरा आर्डर लेकर चला गया था। अँधेरे में इकट्ठे हम तीनों को कोई नहीं देख रहा था। केवल हम तीनों एक-दूसरे को देख रहे थे।

पिछले कई महीनों से जीवन का क्रम यही था; बल्कि जीवन ही यही था। मैं कल्पना नहीं कर सकता, दिल्ली में यह रेस्तराँ न होता, तो मेरा क्या होता? शायद मैं दिल्ली छोड़कर चला जाता, शायद न भी जाता। जिन्दगी में सुख की तलाश मुझे कभी नहीं रही। मुझे जगह की तलाश रही, जहाँ मैं बैठ सकूँ और तब तक बैठ सकूँ, जब तक मेरा जी इस कदर ऊब न जाए कि टैक्सी या स्कूटर लेकर फौरन कहीं भाग खड़े होने को मेरे पैर विकल हो उठें। मैंने आज तक किसी स्त्री को प्यार नहीं किया, जगहों को किया है। इसी दिल्ली की एक-से-एक खूबसूरत सड़कें हैं, जो मेरे अन्दर रची हुई हैं; इमारतें, जो मेरे सामने बनी हैं और मेरे मन के एक-एक कोने में बसी हुई हैं। सारी की सारी नयी दिल्ली मेरे भीतर बैठी हुई है और अब इस नयी दिल्ली पर रात उतर रही है। मुझे अक्सर यह एक खिलौने की तरह नजर आती है, मैं जिसके साथ खेल सकता हूँ, जिसके वैभव पर खुश हो सकता हूँ, मुँह बिरा सकता हूँ; कोई भी मुझे रोक नहीं सकता। यह दिल्ली मेरी है और इसकी छायादार सड़कें मुझमें से होती हुई, न जाने कहाँ चली गयी हैं। मगर उस समय मैं यह अनुभव नहीं कर रहा था। मैं नहीं जानता, मैं उस समय क्या अनुभव कर रहा था।

बैरा हमारी मेज पर कॉफी रख गया था और वे दोनों पी भी रहे थे। मैं लॅ बोहीम के अन्दर बनी गुफा की ओर देख रहा था। गुफा

आज बन्द थी। मैं लॅ बोहीम की, खुरदुरे पत्थर की बनी दीवारों को देख रहा था, जो बीच-बीच की खाली जगहों के कारण, चौसर की तरह नजर आ रही थीं। मैं जापानी कॉटेजनुमा छत की ओर देख रहा था, जिसकी काली-काली धारियाँ पलंग के निवार की तरह कसी हुई थीं।

मैं देखने की कोशिश में कुछ भी नहीं देख रहा था और मेरी कॉफी ठंडी हो चुकी थी। वे दोनों कॉफी समाप्त कर चुके थे।

"साफ क्यों नहीं कहते कि तुम उसे चाहने लगे हो?" आखिर उसने कहा। वे दोनों जैसे मुझसे उत्तर माँग रहे थे। मगर मैं सोच रहा था, शायद यह प्रश्न उन्होंने स्वयं से किया है।

"सच कहना, क्या वह तुम्हें अच्छी नहीं लगी है?" इस बार बसन्त मुझसे पूछ रहा था। उसकी आँखों में डाहभरा सन्देह था। मेरे 'नहीं' कहने से क्या उसे सुख नहीं होगा?

"अच्छा लगना और चाहना दो अलग-अलग चीजें हैं। इसी तरह चाहना और अच्छा लगना भी एक ही नहीं। मसलन मैं तुम्हें चाहता हूँ, पर तुम मुझे अच्छे नहीं लगते।" मैंने प्रवीण की आँखों में झाँककर कहना चाहा। उसकी आँखों में हमेशा एक व्यंग्यभरी मुस्कान होती थी और चेहरे पर एक ठहरी हुई स्वाभाविकता। वह हर बात बड़े विश्वास से कहता था और जब विश्वास हिन्दी में चुक जाता था तो अंग्रेजी में कहता था। और जब भाषा खत्म हो जाती थी तो कॉफी की चम्मच पर अपनी अँगुली की विश्वासभरी पकड़ या अर्थपूर्ण हँसी से कहता था। मुझे उसके आत्मविश्वास से हमेशा भय लगता था। मैं अपने विषय में कह सकता हूँ कि यदि मुझमें उतना भी आत्मविश्वास होता, जितनी इस आदमी की कॉफी में चीनी है, तो मैं वह कुछ होता, जो मैं कभी होना चाहता था। मैं अपनी कॉफी पी रहा था। गरम कॉफी को ठण्डा कर देर तक पीना मुझे प्रिय लगता है। मेज खाली होने की प्रतीक्षा करने वाले बैरे मुझे नापसन्द करते हैं; मगर इन दोनों को मेरी यह आदत अच्छी लगती है। वे खुद गरमागरम कॉफी के शौकीन हैं। बसन्त को तो कॉफी से शायद इसीलिए नफरत है कि वह उबलती हुई नहीं होती।

बसंत मुग्ध होकर मुझे देख रहा था, शायद सोच रहा था मैंने यह बात प्रवीण के विषय में न कहकर उस पर क्यों नहीं कही।

"मगर तुम, न मुझे अच्छे लगते हो; न मैं तुम्हें चाहता हूँ। फिर भी हम लोग इकट्ठे होने, इकट्ठे पीने और इकट्ठे घृणा करने के लिए, बाध्य हैं।" प्रवीण ने चीनी की एक डली मुँह में डालते हुए कहा। बसंत इस बार उसे मुग्ध होकर देख रहा था; मानों प्रवीण और मेरे बीच एक वाक्-युद्ध चल रहा हो और वह एक निष्पक्ष दर्शक की तरह दोनों के वाक्-कौशल से प्रभावित होता हुआ यह निर्णय न कर पा रहा था कि अन्त में विजयी कौन होगा।

मैं चुप हो गया था। कभी-कभी बहस की इच्छा नहीं भी होती है; हालाँकि हम जब दूसरों से बहस नहीं करते हैं, तो अपने आपसे करते हैं। उसने ठीक कहा था, हम लोग इकट्ठे घृणा करने के लिए बाध्य हैं। मैं सोच रहा था। मगर दोष इसमें किसका है? मैं पूछना चाहता था, किन्तु पूछ नहीं सका। वह जानता था। अगर यह लॅ बोहीम नहीं होता, तो हम लोग कहाँ जाते? तब भी क्या हम इकट्ठे घृणा करने के लिए बाध्य होते? मगर मैं उस समय घृणा की नहीं सोच रहा था, सविता की सोच रहा था।

एक दिन प्रवीण ने बसन्त से तमाम लड़कियों के विषय में पूछा था, जो हमारे दोस्तों की बीवियाँ थीं या बहनें।

"निशा के विषय में तुम्हारी क्या राय है?"

"रिपल्सिव।"

"प्रतिभा कैसी लगी?"

"थर्ड रेट।"

"निशा?"

"फा...हा एकदम थर्ड रेट।"

"और इला?"

"बोगस। हालो। पुलपुल।"

"विभा?"

"वह कोई औरत है! उसके मुँह पर मक्खी भी नहीं भिनकेगी।"

"मगर तुम जरूर भिनकोगे।" प्रवीण ने धीरे से कहा था। "तुम्हें कोई स्त्री अच्छी भी लगती है!"

उसकी आँखों में चमक आ गयी थी, जो भूख भी हो सकती थी और मृत्यु भी। मगर उसने कोई उत्तर नहीं दिया था।

"तुम इसकी राय से सहमत हो?" प्रवीण ने मेरे कन्धे पर चपत लगा कर मुझसे पूछा था।

"बहुत कुछ।" मेरा संक्षिप्त उत्तर था।

"यू टू···।" प्रवीण की आँखों में फिर एक व्यंग्य उभर आया था। "तुम लोग पक्के हिपाक्रेट हो।" और वह देर तक हँसता रहा था, जैसे उसने हमारी हिपाक्रसी डिसकवर करते-करते अपनी हँसी डिसकवर कर ली हो।

मगर आज जब उसने मुझसे सविता के विषय में पूछा तो मैं झूठ नहीं कह सका। मैं कुछ भी नहीं कह सका। मैं कह भी क्या सकता था! मैं खुद भी नहीं जानता था कि वह मुझे अच्छी लगी थी या बुरी। कुछ लड़कियाँ साफ-साफ अच्छी लग जाती हैं, कुछ साफ-साफ बुरी। कुछ, शायद अच्छे और बुरे के परे रहती हैं। ऐसी लड़कियाँ मुझे एब्स्ट्रेक्ट पेंटिंग की तरह लगती हैं। मगर सविता एब्स्ट्रेक्ट पेंटिंग नहीं थी; हालाँकि उसका सब कुछ पेंट किया हुआ था।

मेरे ठीक पीछे की मेज पर बैठी स्त्री, हँसती-हँसती, अपनी कुर्सी पर इस तरह पीछे की ओर झुकी जा रही थी कि उसका पोनी-टेल मेरी गालों को छुए जा रहा था। मुझे गुदगुदी का अनुभव हो रहा था। बैरा दूसरी कॉफी का आर्डर लेने आ उपस्थित हुआ था और वे दोनों हमेशा की तरह मीनू पर दृष्टि दौड़ा रहे थे, हालाँकि, मैं जानता था, वे वही सधा हुआ आर्डर देंगे: एक एसप्रेस का चिनो, एक वियेनीज, एक चाय। प्रवीण को वियेनीज पसन्द थी, मुझे चिनो और बसन्त को चाय, कभी-कभी कॉफी भी। रेस्तराँ के हल्के शोर में हल्का संगीत इस तरह घुला-मिला जा रहा था कि तमाम लोग एक हल्के संगीत में डूबे हुए नजर आ रहे थे।

"इस खिड़की की ओर देखो।" प्रवीण, बसन्त से कह रहा था।

"आधुनिकता का सारा सौन्दर्य इसमें घुला हुआ है। रेस्तराँ की सारी खूबसूरती आलोक बनकर स्फटिक शीशे में इकट्ठी हो गयी है। तुम्हें अच्छी नहीं लगती ?"

"लगती है।" बसन्त एसप्रेसो मशीन की ओर देख रहा था और खींच-खींचकर सिगरेट पी रहा था। सिगरेट ओठों में इस बुरी तरह दबी हुई थी कि यदि उसके जान होती तो कराह कर, सारे रेस्तराँ का ध्यान अपनी ओर आकृष्ट कर लेती। मगर इस समय उसकी ओर मेरे सिवा कोई नहीं देख रहा था। प्रवीण भी नहीं।

"मैंने तय कर लिया है कि अब मैं इस जगह कभी नहीं आऊँगा।" सिगरेट को ओठों-ही-ओठों में मसलते हुए बसन्त ने कहा।

"कितनी बार तय करेंगे ?" प्रवीण ने खिड़की की ओर देखते हुए कहा। जैसे गर्म तवे पर पानी की एक बूंद तिलमिलाकर नाच जाती है, वैसे ही यह प्रश्न, शायद हम तीनों पर, नाचकर चक्कर काट गया। मैंने स्विच दबाकर मेज पर प्रकाश कर दिया था। हमने कितनी बार, कितनी चीजें तय की हैं : मगर क्या कभी भी अपने फैसले पर अडिग रह पाए ? मैंने तीस वर्षों की इस जिन्दगी में आज तक कितने फैसले किए हैं···एक दिन मैंने प्रवीण को बताया था। मैंने अगर अपना एक भी फैसला माना होता तो···! तो का चिनो तुम्हें पसन्द न होती, प्रवीण ने कहा था।

बसन्त ताबड़तोड़ सिगरेटें पी रहा था : जैसे अब नहीं पी, तो फिर कभी नहीं पी। वह खाँस भी रहा था और चाय भी पी रहा था।

"बसन्त ! तुम जबलपुर क्यों नहीं चले जाते ?" प्रवीण ने उसके चेहरे पर अपनी अर्थभरी दृष्टि टिकाते हुए प्रश्न किया।

"ऐं ?" वह चौंक गया था।

"तुम। जबलपुर क्यों नहीं चले जाते ?" प्रवीण ने अपना प्रश्न दुहराया।

"जाकर क्या करूँगा ?" वह अपने कन्धे उचका रहा था।

"प्रेम कर लेना या शादी।"

"प्रेम करके क्या होगा ?" वह अपनी चाय से अपने ओंठ तर कर

रहा था।

"शादी।"

"शादी करके ही क्या हो लेगा ?" उसने चाय की घूँट जल्दी-जल्दी अपने गले में उतारते हुए कहा।

"बच्चे ! तुम पिता हो जाओगे।"

"फा-ह। पिता !" वह इस तरह हँस रहा था जैसे चाय की केतली में उबाल आ गया हो। पिता ! पिता से बढ़कर हिपाक्रेट और कौन हो सकता है। हँसते-हँसते उसकी चाय छलक आयी थी, मेज पर।

"जरा धीरे हँसो।" प्रवीण ने कहा।

"क्यों हँसूँ धीरे से।" झुंझलाकर उसने कहा। "क्या हँसी के लिए भी मुझे टिप देनी होगी !"

अगर यही प्रश्न उसने मुझसे किया होता, तो मैं क्या जवाब देता ? मैं सोच रहा था। मैं दिल्ली छोड़कर कहाँ जा सकता हूँ ? मैं विवाह नहीं कर सकता, जिस तरह मैं नौकरी नहीं कर सकता। मैं प्रेम नहीं कर सकता, जिस तरह मैं पेंटिंग नहीं कर सकता। मैं नहीं जानता हूँ, मैं क्या कर सकता हूँ। बचपन में स्कूल में जब मेरी मिस्ट्रेस मुझसे पूछती थीं : तुम बड़े होकर क्या बनना चाहते हो ? तो मैं तोते जैसा रटा हुआ उत्तर देता था : मैं बम-गोले बनाना चाहता हूँ और अंग्रेज बन्दरों को बाहर भगाना चाहता हूँ। मेरे पिता कांग्रेसी नेता थे। मगर मेरे बम-गोले बनाने का जमाना आने के पहले ही अंग्रेज यहाँ से चले गए। काश ! मैंने बचपन में अपनी मिस्ट्रेस को उत्तर दिया होता : मैं बड़ा होकर लोगों को उल्लू बनाना चाहता हूँ।

"अब तो नकाब उतार दो।" प्रवीण ने मुस्कराते हुए मुझसे कहा। "जरा देखो तो, दुनिया कितनी खूबसूरत है।"

"और सविता, उससे अधिक खूबसूरत।" बसन्त अकारण हँस रहा था, हँसे जा रहा था।

"ठीक बात है। जो हमें प्रिय लगता है, वह सबसे सुन्दर प्रतीत होता है।"

"यू आर टाकिंग लाइक ए मीडिआकर।" बसन्त ने उससे अपनी

नज़रें चुराते हुए कहा।

"मीडिआकिटी हैज इट्स ओन ब्यूटी, रादर ग्लैमर।"

"ग्लैमर ! बहुत ठीक शब्द इस्तेमाल किया है इसने।"

मैंने यही बात कही थी उस दिन, सविता से : "सविता जी ! ग्लैमर आज की दुनिया में ब्यूटी से अधिक मूल्यवान वस्तु है। बहुत-सी चीज़ें सुन्दर नहीं हैं, ग्लैमरस हैं। हम लोग मोल-तोल करते हैं और खरीदते हैं, और तृप्त होते हैं। सुन्दरता का युग समाप्त हो गया, अब कास्मेटिक्स का युग शुरू हुआ है। आज की सारी कला और सारा साहित्य एक कास्मेटिक्स की सजी-धजी दुकान से अधिक क्या है ? फिर नर-नारी ही अपवाद क्यों रहें।"

"आप अतिशयोक्ति कर रहे हैं।" उसने वातावरण में एक अद्भुत मिठास घोलते हुए कहा था। "कभी-कभी हमें जो ग्लेमर जान पड़ता है, ग्रेस होता है।"

"ग्रेस ! सविता से अधिक ग्रेस और किसमें हो सकता है। उसकी बातचीत, उसके कमर पर साड़ी खोंसने का ढंग, उसका चुहलभरा स्वभाव। मुझे सीधी, सरल, घुम्म स्त्रियाँ आकृष्ट नहीं करतीं, जैसे मुझे सीधी-सादी कविता आकृष्ट नहीं करती—कम से कम मुझे और प्रवीण को। दिल में कितनी खाली जगहें हैं। औरत की एक-एक अदा, एक-एक खाली जगह को भरती जाती है। स्त्री जैसे-जैसे प्रौढ़ होती जाती है, उसके प्रेम का कौशल भी वयस्क होता जाता है। अदा और बेवकूफी में जो अन्तर है, औरत और लड़की में वही अन्तर है। सविता लड़की न थी, औरत थी।

सविता, पहली स्त्री थी, जो हमारे बीच आयी थी। मैं नहीं जानता कि स्त्री का जीवन में आना किसे कहते हैं। यों मैंने बियर पीकर, अपने प्रेम के कितने ही काल्पनिक किस्से प्रवीण को सुनाए हैं। बियर के सुरूर में कितनी ही महिलाएँ मेरे जीवन में आयी हैं और चली गयी हैं। मैंने एक-से-एक खूबसूरत नामों की डिसकवरी की है—दोस्तों को प्रभावित करने के लिए नहीं—मैं नहीं जानता, क्यों ! इन तमाम नामों की एक-एक तस्वीर मेरे मन में एक-एक कोने में सजी रक्खी है। कुछ लोगों की जिन्दगी

एक एलबम होती है, मेरा मन एक एलबम है। इस एलबम में सविता की तस्वीर कहीं न थी। मैं उसकी तस्वीर की कल्पना कर भी नहीं सकता था। वह तस्वीर न थी स्त्री थी।

"आपको डेबरा केर का अभिनय कैसा लगता है ?" उसने प्रवीण की प्याली में चीनी डालते हुए पूछा था।

"अच्छा लगता है।" प्रवीण ने इस तरह कहा, जैसे कोई खास बात न थी।

"आपको तो जरूरी बहुत अच्छा लगता हो।" उसने अपनी आँख का बायाँ कोना दबाकर मेरी ओर देखा। "मुझे भी बहुत अच्छा लगता है।" उसने मानों मेरी पसन्द की दाद देते हुए कहा और अपनी स्निग्ध मुस्कान, मेरी आँखों में घोल दी। मैंने अनुभव किया, मेरे अन्दर से और मेरी भुजाओं से निकलकर हजारों चिड़ियाँ आकाश में उड़ गयी हैं और चहचहा रही हैं। मगर वहाँ चिड़ियों की चहचहाहट न थी। कॉफी के प्यालों और चूड़ियों की खनखनाहट से मिली हुई स्त्रियों की हँसी थी और उनमें भी सर्वोपरि सविता की।

"बसन्त जी, आपको दिल्ली कैसी लगती है।" बसन्त को दिल्ली से अधिक अच्छी वह लग रही थी। मगर सविता की आँखों से आँखें मिलते ही, वह जैसे चोरी करते पकड़ा गया और नजर नीची कर, एक कोरी सिगरेट मुँह में दबा ली। सिगरेट अगर इतने जोरों से वह दबाए नहीं तो मुँह की बात बाहर आ पड़ेगी। अन्दर जब धुआँ जाता है, तो बहुत-सी बातें और बहुत-सी शंकाएँ भी धुआँ हो जाती हैं। काश ! इसी आराम के साथ सारी जिन्दगी धुआँ हो जाती !

"इन्हें कुछ भी अच्छा नहीं लगता।" प्रवीण ने बसन्त की पीठ पर एक हल्का-सा मुक्का लगाते हुए कहा था।

"अच्छा।" सविता ने एक विस्मयभरी मुस्कान के साथ कहा, "तब तो आपसे कोई खतरा नहीं।" बसन्त ने एक बार उसकी ओर दृष्टि उठायी और फिर चाय में चम्मच हिलाने लगा। जैसे चाय की प्याली, चाय की प्याली न हो, अपना दिल हो, जिसमें जितना ही चम्मच हिलाओ, अशान्ति बढ़ती जाती है। अशान्ति का अपना सुख है; न होता तो नगर

न होते, युद्ध न होता और बसन्त न होता।

वह मेज पर झुकी हुई थी और उसका प्रतिबिम्ब, चीज बाल्स के लिए रखी साफ-सुथरी प्लेट पर पड़ रहा था। वहाँ वह कितनी दूर नजर आ रही थी। मेरी इच्छा हुई कि अपने काँटे से उस प्रतिबिम्ब को उठा लूँ और फिर क्या करूँ? मैं नहीं जानता। या फिर एक कविता लिखूँ "ए वूमन विदाउट सास आन ए चीज बाल्स प्लेट!" मैं झुक आया और अब प्लेट पर मेरा प्रतिबिम्ब ठीक उसके प्रतिबिम्ब पर पड़ रहा था। मगर वह हिल गयी और अब वह वहाँ न थी, केवल मैं था। मुझे कालिदास की पंक्ति याद आ रही थी, विधाता को चित्र में भी यह मिलन सह्य नहीं। हैल विथ द वूमन! मेरे गले में बहुत-सा कफ इकट्ठा हो गया था और मैं अपना सीना पकड़कर तब तक खाँसना चाहता था, जब तक कि यह सारा कलेजा ही एक बलगम का लोंदा बनकर, मुँह के रास्ते बाहर न आ पड़े। मगर सविता कितनी सुरुचि-सम्पन्न और शिष्ट है, इसका अनुमान और किसी को न हो, मुझे था।

उसकी शिष्टता के आसपास एक उष्णता थी, जो तमाम देर हमें उष्ण रखे हुए थी; एक रहस्यमय घेरा था, हम जिसके अन्दर नहीं जा सके थे, मगर बाहर भी नहीं रह सके थे। मैंने ऐसी बेचैनी का अनुभव पहले कभी नहीं किया था। तुमने किया है, प्रवीण? मैं पूछना चाहता था। मगर वह अपनी अँगुली से मेज पर कोई चित्र बना रहा था: कोई एब्स्ट्रेक्ट पेंटिंग।

"शैक आफ योर सायलैंस।" प्रवीण ने झुंझलाकर मुझसे कहा। "आई एम बोर्ड टु डेथ।" वह सचमुच बिलकुल ऊबा हुआ नजर आ रहा था। मैं नहीं जानता, लॅ बोहीम के अस्फुट अँधेरे से या अपने आपसे। बाहर दिन था या रात, मुझे पता नहीं। खिड़की पर तो आधुनिकता का सारा सौन्दर्य इकट्ठा था। बसन्त ने हमेशा की तरह झपट कर बिल चुकाया और अपनी नर्वस अँगुलियों से बैरे को टिप दी और गिने बिना रेजगारी और मोड़-तोड़कर नोट जेब में रख लिए और अपने सूखे बालों पर हाथ फेरता हुआ झपट कर बाहर निकल आया। बाहर अभी भी शाम थी, हालाँकि रात के आठ बज चुके थे।

ग्रीष्म की शाम का आकाश कितना विस्तार-भरा होता है और प्रकाशमान ! मानों हम दुनिया से परे किसी दूसरी दुनिया में हो रहे किसी उत्सव का प्रकाश हमारे आकाश में फैल गया हो। क्या मेरे जीवन में कभी कोई उत्सव नहीं होगा ? मुझे सविता का मुख स्मरण हो आया। वह भी तो इसी आकाश की तरह शोभामय है और ऐसा ही विस्तार-भरा।

"हम लोग पियेंगे।" प्रवीण ने कहा।

"क्या रखा है !" बसन्त ने अपनी पतलून की दोनों जेबों में हाथ डालते हुए कहा।

"क्या नहीं रखा है ?"

"हम लोग आज रम पियेंगे।"

"जब मैं रम पीता हूँ," वह कहे जा रहा था, "तो लगता है, मेरे दिमाग में बहुत-से घोड़े दुलत्ती लगा रहे हैं।"

"उसके बाद तुम दूसरों को दुलत्ती लगाते हो।" बसन्त हँसता-हँसता उसके कन्धों पर झूल गया।

"यू डिज़र्व इट।" वह कह रहा था।

"कुछ भी कहो, नथिंग लाइक सविता !"

"फिर वही।" मुझे झुंझलाहट हो रही थी। मैं सविता के चित्र को मन से उसी तरह उतार देना चाह रहा था, जैसे रात को थककर घर लौटकर, कपड़े उतार देता हूँ।

"शी हैज ग्रेस।"

"बन्द करो।"

"शी हैज ए पर्सनैलिटी।"

"तुम पागल हो गए हो।"

"शी हैज ए वूमन्स फेस।

"मैं कहता हूँ, तुम पागल हो जाओगे।" मगर मुझे लग रहा था, मैं पागल हो जाऊँगा। "बसन्त।" मैंने कहा, "तुम ये पैसे रखो। मैं सोडे का प्रबन्ध करके आता हूँ।" उसने हमेशा की तरह पैसा नहीं लिया और वाइन-शाप की ओर बढ़ गया।

शराब पीने की हमारी जगहें हैं। कनाट प्लेस का कोई कारीडोर, जहाँ से पेशाबघर दूर न हो। मरने के लिए चुल्लू भर पानी पर्याप्त न हो, पीने के लिए गज-भर अँधेरा काफी है। मैंने एक झटके के साथ सोडे की बोतल खोल दी; मगर प्रवीण नीट पी रहा था। किक ! घोड़े की दुलत्तियाँ ताकि दिमाग में कुछ भी न रहे। थोड़ी देर के लिए सारा दिमाग एक एब्स्ट्रेक्ट पेंटिंग की तरह हो जाए।

"फार सविता !" उसने घूँट लेकर बोतल मेरी ओर बढ़ा दी।

"फार हूम द बेल टाल्स।" मैं आधी घूंट भी नहीं ले सका। मैं रम स्टैंड नहीं कर सकता।

"फार द बिच।" बसन्त ने कहा और मुँह इस तरह बनाया जैसे पेशाबघर के अमोनिया की गंध नाक में बैठ गयी हो। फा-ह !

आधी ही घूँट में मेरा दिमाग चकरा रहा था। मगर मैं आज पूरी पी जाना चाहता था। सविता ! तुम इसी रम की तरह हो। मैं तुम्हें गले भी नहीं उतार सकता, और पूरी पी भी जाना चाहता हूँ।

मेरे दिमाग मैं नहीं, पेट में दुलत्तियाँ चल रही थीं। मैं नहीं पी सकता। मैंने कहा।

"फार वूमन।" प्रवीण ने बोतल अपने सिर से ऊँची की और गर-गराकर एक-चौथाई पी गया।

"फार ए वूमन्स बाडी।" उसने बोतल फिर मुँह से लगा ली थी।

"फार ए वूमन्स चाइल्ड···लाइक यू।" उसने बोतल मेरे मुँह में डाल दी थी और मुझे जबरन पिला रहा था।

मेरी आँखों के पीछे अँधेरा छा गया था, और पेट में, और छाती में बहुत-सी शराब जल रही थी। मैंने अपनी पूरी शक्ति का प्रयोग कर उससे कहा, "तुम जाओ। मैं कहता हूँ, तुम इस समय मुझे छोड़ दो। तुम दोनों चले जाओ।" प्रवीण ने सारी की सारी पी डाली और बोतल सड़क के किनारे फेंक दी थी।

"देखो तो, कनाट प्लेस कितना खूबसूरत नजर आ रहा है। मोर ब्यूटीफुल देन ए वूमन्स ब्रैस्ट।" वह हँस रहा था और उसकी हँसी नाक से बह रही थी। मगर मुझे साफ-साफ कुछ भी नहीं नज़र आ रहा था।

बसन्त !" मैंने उसके कन्धे का सहारा लेते हुए कहा, "मुझे एक सिगरेट दो।" "सिगरेट खत्म हो चुकी है," उसने कहा। मेरे सिर में भयंकर दर्द हो रहा था और जी रह-रहकर मिचला रहा था।

"प्रवीण ! तुम चले जाओ, या फिर मैं चला जाता हूँ।"

"तुमने बहुत पी रखी है।" उसने मुझसे कहा, "यू नो, वूमन इज द थिंग। मैंने इतना असंयत उसे कभी नहीं देखा था। "आल ना वर्ल्ड इज ए स्टेज एंड वूमन इज एन एक्ट्रेस।" वह बेवजह हँस रहा था।

वे दोनों मुझे छोड़कर काफी दूर निकल गए थे। मैंने अनुभव किया, मैं बिलकुल अकेला हूँ। इतने बड़े आकाश के तले, मैं निपट अकेला हूँ। मेरी इच्छा हुई कि मैं दौड़कर उन्हें पुकार लूँ। मगर वे दोनों सर्वथा जा चुके थे।

मैं पहली बार अपने को असहाय अनुभव कर रहा था। मुझे याद आ रहा था, बचपन में एक बार मेरी माँ और पिता दोनों मुझे घर पर अकेला छोड़ बाहर चले गए थे। मैं रोता रहा था। तब मेरी बड़ी बहिन ने मेरा सिर अपनी गोद में ले लिया था और मुझे चुमकारती रही थी। मुझे कितना ढाढस मिला था। कितना सुख। क्या आदमी पीछे की ओर नहीं लौट सकता ?

मैंने अपना सिर अपने हाथों में ले लिया और सड़क के किनारे बैठ गया। मेरे सिर में सचमुच भयंकर दर्द हो रहा था और जी मिचला रहा था। मैंने अपना सीना पकड़ लिया और कै की। तकलीफ के कारण मेरी आँखों में आँसू आ गए; मगर मैंने न तो आँसुओं को रोका न मिचली को। मैं चाहता था कि मेरा सब कुछ बाहर आ जाए···आज ही···अभी ही। मुझमें कुछ भी न रह जाए। मैं ग्रीष्म के इस सूने आकाश की तरह खाली हो जाऊँ; दूसरों के उत्सन के प्रकाश से प्रकाशित हो जाना ही जिसकी नियति है। मैं रो रहा था और ओंक रहा था।

सारा का सारा कनाट-प्लेस एक गोल-गोल लहर की तरह मुझमें चक्कर काट रहा था और फैल रहा था।

[1959

चॉकलेट

कमरे में कोई नहीं था और अकेलापन वह ज़रा भी बरदाश्त नहीं कर पाते थे। क्षण भर को भी अकेले होने पर, उन्हें अपनी जिन्दगी निरर्थक लगने लगती और तबीयत होती वह भागकर सड़क पर निकल आएँ, जहाँ लोग उन्हें देखकर रास्ता छोड़ने लगें और सिर झुकाने लगें और वह सबके नमस्कार का प्रत्युत्तर अपनी संयत मुस्कान से देते हुए आगे बढ़ते जाएँ और बढ़ते जाने का यह सिलसिला कभी खत्म न हो।

मगर आदमी को पाँच मिनट के लिए तो अकेला होना ही पड़ता है। फाइल तो देखनी ही पड़ती है। दस साल के मन्त्रित्वकाल में, वह पाँच मिनट से अधिक अकेले कभी नहीं रहे।

उन्होंने जमुहाई ली और मेज पर लगा बटन दबा दिया। निजी सचिव के आने पर फाइल खिसका दी। फाइल पर एक हरे चिट पर नोट लगा था, 'देख लिया' और नीचे उनका टेढ़ा-मेढ़ा हस्ताक्षर था। जेल के दिनों में। उन्होंने कहीं पढ़ा था, बड़े आदमियों के अक्षर खराब होते हैं। तब से वह अपना हस्ताक्षर भी बिगाड़ कर करते थे और अब तो उनके अक्षरों का बिगड़ना इस हद तक स्वाभाविक हो चुका था कि यदि वह कभी अपनी पुरानी हस्तलिपि देख लेते तो यह तय था, कि वह चौंक पड़ते। मालूम नहीं उस पर उन्हें डाह होता या आक्रोश? मगर यह जरूर है कि अपनी पिछली जिन्दगी पर विचार करने की फुर्सत उन्हें कभी नहीं मिली। केवल पाँच साल में एक बार उन्हें अपने अनुभव, योग्यता और देश-सेवा का ब्यौरा देने की जरूरत पड़ती थी। इसमें कोई मुश्किल न थी।

उन्होंने देखा, निजी सचिव ने उनके दैनिक कार्यक्रम की डायरी रख दी थी। वह निजी सचिव को बैठ जाने को इशारा करते हुए, डे-डायरी देखने लगे। 10-15 से 10-30 तक नीति और प्रशासन के विषय में सचिव से वार्तालाप; 10-30 से 11-15 तक सार्वजनिक कार्यकर्ताओं से भेंट; 11-15 से 12-5 तक संस्था के लोगों से चर्चा; 12-5 से 12-15 तक सरकारी कामकाज; 12-15 से 12-45 तक विश्राम, 12-45 से 12-50 तक निजी सचिव को आवश्यक आदेश; 12-50 से 1 तक सामान्य जन से भेंट। 1 से 2 तक लंच; 2 से 3-15 तक विश्राम; 3-15 से 3-30 तक चाय; 3-30 को एक स्कूल के वार्षिकोत्सव के उद्‌घाटन के लिए प्रस्थान; 3-40 से 4-40 तक उद्‌घाटन भाषण; 4-45 से 5-15 तक मुख्यमन्त्री के आवास पर हाजरी; 5-20 को अन्तर्प्रान्तीय बैडमिंटन क्रीड़ा महोत्सव के उद्‌घाटन के लिए प्रस्थान; 5-30 से 6-30 तक भाषण और क्रीड़ा समारोह में उपस्थिति; 6-30 को एक लेखक सम्मेलन में भाषण के लिए प्रस्थान; 6-40 से 715 तक साहित्यिक आदि विषयों पर भाषण एवं पुष्पहार ग्रहण; 7-15 को संगीत सभा की अध्यक्षता के लिए प्रस्थान; 7-20 से 7-45 तक संगीत पर भाषण; 8 बजे जिलाध्यक्ष द्वारा आयोजित रात्रि-भोज में सम्मिलित एवं भोज की समाप्ति पर परिवार नियोजन पर संक्षिप्त भाषण; 9-15 को बंगले पर वापसी और 9-15 से 11-15 तक संस्थान और अपने क्षेत्र के कार्यकर्ताओं से भेंट और संस्था में बढ़ती गुटबन्दी और आगामी आम चुनाव क्षेत्र में संस्था की स्थिति पर वार्तालाप। अन्त में दुग्ध-पान।

एक नजर में तमाम इनगेजमेंट्स देख लेने के बाद, वह कलाई में बँधी अपनी घड़ी देख रहे थे और ऊब का अनुभव कर रहे थे। जब भी विभागीय सचिव के आने का समय होता, उन्हें अजीब-सी नीरसता का भान होने लगता। प्रशासन, वित्त, व्यय, सुविधाएँ, माँग, प्रदाय ! एक बार तो उनकी इच्छा हो गयी थी कि वह सचिव से कह दें, जैसा करना हो, वैसा करो और हमेशा के लिए छुट्टी पा लें।

निजी सचिव चला गया था और विभागीय सचिव उनसे अन्दर आने की अनुमति माँगता हुआ कमरे में चला आया था। उसे बैठने का

आदेश देते हुए वह स्वयं भी अपनी कुर्सी पर टंच हो गये। सचिव अंग्रेज जमाने का अनुभवी और रौब-दाब वाला आदमी था। मगर वह जानते थे, जब तक वह उसे आदेश नहीं देंगे, बैठने का साहस वह नहीं कर सकेगा। कभी-कभी वह उसे खड़ा भी रखते थे। कभी तो व्यस्तता का स्वाँग कर कमरे के बाहर ही। और झल्लाते तो अक्सर ही, जब भी वित्त और प्रदाय का मामला बढ़ने लगता।

सचिव ने फाइल अपने सामने से उनकी ओर खिसका दी थी और वह कागजात उलट-पुलट रहे थे। जब भी वह फाइल देखते, उनकी समझ में नहीं आता कि इसमें गलती कहाँ पर है; वह बहुत ढूँढ़ने की कोशिश करते और जब हार जाते तब कहीं न कहीं टाइप की गलतियाँ ढूँढ़ लेते और अनुभव करते, उनकी दृष्टि बहुत सतर्क है और प्रशासन उन्हें उल्लू नहीं बना सकता।

मगर आज यह गलती भी ढूँढ़ने का उत्साह उनमें न था। दरअसल वह बहुत थके हुए थे। कल तमाम दिन और देर रात तक इतने इंगेजमेंट्स रहे कि उनका दिमाग थका हुआ था और उन्हें रह-रहकर जमुहाई आ रही थीं। जब वह अपने प्रशंसकों से घिर जाते, और ऐसा अक्सर होता, तब वह बचपन में किसी किताब में पढ़ी हुई कहावत दुहराते, 'अनईजी लाइज द हेड दैट वियर्स द क्राउन।' और वाक्य समाप्त करते-करते उन्हें लगने लगता, उनके सिर पर एक काँटों का मुकुट रखा हुआ है, जिसकी कीलें उनके मस्तक में अन्दर चुभती जा रही हैं। मगर जैसे-जैसे वे अन्दर उतरती जा रही हैं, एक दबा हुआ सुख बाहर आने को विकल होता जा रहा है। उन्हें लगता वे इस अद्भुत पीड़ा के सुख में किलकारी भर उठेंगे।

सचिव उन्हें बता रहा था कि कटौती का क्या परिणाम होगा; मजदूरों के व्यवहार की वस्तुओं के मूल्य-सूचक अंक उस अनुपात में कहाँ तक बढ़ जाएँगे और इससे औद्योगिक संबंधों में कितना तनाव आएगा; मगर उनका चित्त इन बातों में जरा भी न था। उन्हें लग रहा था, उनके सामने एक टेप-रेकार्डर रखा है, जो अपने आप बज रहा है। उन्हें कल की बातें याद आ रही थीं। एक सार्वजनिक सभा में वह दो-तीन घटे

जमकर बोले थे। उन्हें याद नहीं आता इतनी बड़ी सभा में इससे अधिक कभी वह बोले हों और जनता ने उनका भाषण इतनी उत्सुकता के साथ सुना हो। भाषण देते समय, लोगों का उत्साह देख रह-रहकर उनके मन में अपनी जनता के प्रति प्यार उमड़ता, और वह अनुभव करते—ऐसे देश में जन्म लेकर, वह सचमुच धन्य हुए। इस समय उन्हें अपना एक-एक वाक्य याद आ रहा था और वह मन ही मन अपनी कही हुई बातों और अपने कहने के ढंग और अपनी सभा-कुशलता पर मुग्ध होते हुए कल के दृश्य-प्रवाह में बह रहे थे।

वह जानते थे, वह चाहते तो इतनी ही देर और सभा बाँधकर रख सकते थे। उन्हें बचपन से अभ्यास था। नाटक-कम्पनियों में पार्ट लेने और लम्बे-लम्बे डॉयलाग बोलने में उन्हें रुचि थी। जब वह छोटे-से थे, तभी से उन्हें रामलीला में जानकी का रौल सौंप दिया जाता और वह ऐसा अभिनय करते और ऐसा विलाप कि जानकी माई के दुख से श्रोता-वर्ग, खासकर महिलाएँ कातर और दुःख-विह्वल हो उठतीं और उस दिन चढ़ावे में देर तक चावल और नकद के अलावा स्त्रियों की सोने-चाँदी की चूड़ियाँ और छोटे-मोटे अनेक जेवर आते रहते। कभी-कभी वह ये चूड़ियाँ पहन लेते और सोचने लगते, क्या मैं सचमुच की सीता नहीं हूँ। उन्हें अपने घर में भी अभिनय करना अच्छा लगता था। बचपन में माँ जब सामने थाली परोस कर, उन्हें प्यार से निवाला कराने लगती, तब वह कभी अकारण हँसने लगते, हँसते ही जाते और फिर बीच में ही अपनी हँसी रोक रोने लगते और इस कदर रोते कि न जाने कहाँ छिपे आँसुओं की झड़ी लग जाती और जब माँ परेशान हो जाती तो अचानक खिलखिलाकर हँस पड़ते। कभी तिरंगा लेकर छत की मुंडेर पर खड़े हो जाते, कभी मौन साध लेते, कभी पैरों में घुँघरू बाँध लेते, कभी जोश में आ जाते और कभी तीन-तीन दिनों तक खाना छोड़ बैठते। फिर छिपकर सुना करते कि कौन उनके बारे में क्या कह रहा है। उनके कमरे में एक आईना लगा हुआ था जिसमें अक्सर वह घंटों अपनी छवि देखा करते और उनकी समझ में नहीं आता कि वह इतने सुन्दर क्यों हैं ? एक बार जब आईना टूट गया था और उन्हें अपनी शक्ल विकृत नजर आने लगी थी, तब महीनों तक

अपने कमरे में जाते हुए उन्हें डर लगता था। लगता था, कोई और है जो मौका पाते ही उन्हें धर दबोचेगा। अपने सुदर्शन बेटे का बखान करती हुई उनकी माँ कहा करती थी, मेरा लड़का तो कृष्ण है! लीलामय! आज जब कोई गंभीर बात कहने की इच्छा होती, तो वह कहते, संसार क्षणभंगुर है। मगर आज भी कोई दिल पर हाथ रखकर पूछता कि सच-सच कहना, संसार क्या है, तो यह तय है कि वह कहते, संसार लीलाभूमि है।

सचिव ने अपनी बात समाप्त कर ली थी और उन्होंने 'ओके' कर फाइल उसकी ओर बढ़ा दी थी। सचिव उन्हें धन्यवाद देता हुआ, उसी अदब के साथ चला गया था। सचिव के चले जाने पर उन्हें कुछ वैसी ही राहत मिलती, जैसी उन्हें अपनी स्कूल मास्टरी के दिनों में इन्सपेक्टर ऑफ स्कूल्स के मुआइना कर चले जाने के बाद मिलती थी। उन्हें याद है, जब वह पहली बार मंत्री हुए थे और अपने दौरे में उनकी मुलाकात एक परिचित इंसपेक्टर ऑफ स्कूल्स से हो गई थी तो वह क्षण भर को तो घबरा ही गए थे कि कहीं वह उनसे पूछ न बैठे कि जाग्रफी में 'सायलइरोजन' का लेसन देने के लिए आप कौन-सा मेथड एप्लाई करते हैं। मगर तभी उन्हें ख्याल आया था कि वह अब एक जाग्रफी-टीचर नहीं, स्वाधीन जनता के मंत्री है और अपने मंत्री होने के अहसास पर उन्हें आत्मविश्वास हुआ था और अपने कर्मचारियों का अभिवादन विनम्रतापूर्वक स्वीकार करते हुए, वह आगे निकल गये थे।

उन्होंने अपनी टोपी मेज पर रख दी थी और सोफे पर रिटायर कर गये थे। उन्होंने चपरासी को पंखा तेज करने के लिए कह दिया था। सचमुच गर्मी ज्यादा थी, यद्यपि उन्होंने खादी में भी फँसी खादी पहन रखी थी, फिर भी मोटा कपड़ा मोटा ही कपड़ा है। अपने 25 वर्षों के सार्वजनिक जीवन में एक बार भी उन्होंने स्वदेशी नहीं छोड़ी थी, फिर भी जब कभी वह किसी को महीन और बढ़िया वस्त्र पहने देखते तो उनका मन डाह से भर उठता और उनकी इच्छा होती वह उसके पतलून में उतर जाएँ। स्त्रियों को स्लीवलेस ब्लाउज पहने देखकर उनकी बाँहों में गुदगुदी होने लगती और उनका जी करता वह बढ़कर नंगी बाँहों को, एक

बार छू लें। बस छू भर लें !

वह जानते थे उन्हें अभी पौन घंटे तरह-तरह के पेशे के लोगों से मिलना है और तरह-तरह की समस्याओं पर विचार करना है। उनका चेहरा गंभीर हो गया था।

जब धीरे से द्वार खोलकर पहले मुलाकाती ने प्रवेश किया तब भी वह गंभीर बैठे रहे, केवल उदासीनता से उसे बैठ जाने का इशारा किया। उसने बताया वह एक सार्वजनिक कार्यकर्ता है और बीस वर्षों से समाज में कार्य कर रहा है। वह सुनते रहे और उन्हें लगता रहा, इन शब्दों का कोई अर्थ नहीं। जब उसने कहा, वह उनके दर्शन करने आया है, तब उनका ध्यान भंग हुआ और उन्होंने पूछा कि वह किस सिलसिले में आया है। उन्होंने देखा, प्रोत्साहन पाकर कार्यकर्ता सोफे पर उकड़ूँ बैठ गया था और बता रहा था कि अफसर जनता पर मनमानी कर रहे हैं और कोई सुनवाई नहीं। अफसर! जनता! सुनवाई! उन्हें जमुहाई आ रही थी। उनके जी में आया कि वह उससे पूछें कि क्या वह कोई अदालत है, जहाँ सुनवाई हुआ करती है? मगर उन्होंने उससे कहा कि वह अपने क्षेत्र के एम०एल०ए० से इस विषय में बात करे और अपनी घड़ी देखी। उन्होंने सुना वह उनसे कह रहा था कि एम० एल० ए० भी अफ़सर से मिल गया है और दोनों मिलकर मनमानी कर रहे हैं। तब उन्होंने झल्लाकर कहा, तो मैं इस विषय में क्या कर सकता हूँ? उन्होंने देखा, वह उठ-कर खड़ा हो गया था और कह रहा था, जी आप सब कुछ कर सकते हैं! उन्होंने जैसे हार कर कहा, मैं कुछ नहीं कर सकता। आप जा सकते हैं। और उस क्षण उन्हें अनुभव हुआ वह सचमुच असहाय हैं और लोग क्यों नहीं उनकी असहायता पहचानते और उनसे सहानुभूति करते! असहायता का भी कैसा सुख है! आदमी को कभी-कभी असहाय भी होना चाहिए।

मुँह में पान का बीड़ा दबा, अपनी असहायता चबाते हुए, उन्होंने देखा, इस बार तीन-चार महिलाएँ थीं। उन्हें लगा, मिनट-भर पहले की मनहूसी इन स्त्रियों के प्रवेश के साथ ही घुल गयी। युवावस्था में उनका एक सैनिक दोस्त कहा करता था, अगर संसार में महिलाएँ न हों तो,

कलर्स न रहें ! बात उन्हें जम गयी थी, मगर वह पूरी बात अक्सर भूल जाते थे और कहा करते थे, अगर संसार में महिलाएँ न हों, तो लवर्स न रहें । इस अर्से में लवर्स और कलर्स का भेद मिट चुका था । मगर स्त्रियाँ आज भी उन्हें अच्छी लगती थीं; गोल-मटोल, भरी-पूरी, गोरी, सुन्दरी स्त्रियाँ उनके बीच बैठ, उन्हें अनुभव होता वह उनमें से एक हैं । जिन दिनों वह जेल में थे, उन दिनों भी उनके दिमाग में एक ही चित्र आता था कि वे सब गोते लगा रही हैं और वह उन सबकी चोलियाँ और साड़ी चुराकर मुरली बजाते हुए डाल पर बैठे हैं । वे सब अपनी भुजाओं से अपने अंग छुपाती लाज से मरी खड़ी हैं । उन सबकी लाज की कल्पना से, वे पुलकित हो जाते और बड़ी देर तक पुलकित होते रहते ।

उन्होंने दो बीड़े पान मुँह में और दबा लिये थे और निजी सचिव से कह दिया था कि वह चाय भेज दे । वह कनखी से उन सबकी ओर देख रहे थे । वे अपनी-अपनी जगह पर अपने-अपने ढंग से बैठ गयी थीं ।

वे कभी एक साथ और कभी अलग-अलग बता रही थीं कि वे महिला सम्मेलन के सिलसिले में आयी हैं । वह सुन रहे थे और उनकी इच्छा हो रही थी वह सुनते जायें और सुनते जाने का यह सिलसिला कभी खत्म न हो उन्होंने बताया, वे इस काम में उनकी सहायता चाहती हैं । वह अपनी जगह से उठकर मेज के किनारे आ खड़े हुए थे और उनका हाथ पेपरवेट से खेल रहा था । पेपरवेट को हाथ से तौलते हुए, नाटकीय मुद्रा में बोले, "बताओ ?" उन्होंने बताया, वह दस हजार चंदा करा दें । उनकी त्यारियों पर बल पड़ा, खिड़की के बाहर देखते हुए सोचते रहे, फिर एक बार उन सबकी ओर देख मुस्कुराये और बोले, "हो जाएगा" और एक झटके के साथ पेपरवेट मेज पर रख दिया । उन्होंने देखा वे चारों बड़ी आत्मीय दृष्टि से उन्हें देख रही थीं । उन्होंने अनुभव किया, वह सचमुच सहृदय हैं । मनुष्य को सहृदय होना चाहिए । मनुष्य का जीवन दूसरों के लिए है, देश, समाज और विश्व के लिए । जो अपने लिए जिया, वह क्या जिया! ऐसे तो जानवर भी जीते हैं । उनकी इच्छा हो रही थी, वह वहीं पर मानवता और विश्व-बंधुत्व पर कुछ कह बैठें । मगर उन्होंने देखा, वे

उठ खड़ी हुई थीं और उन्हें रोकना अपनी कमजोरी जाहिर करना होगा। उन्होंने मन ही मन दुहराया, अगर संसार में स्त्रियाँ न रहें तो लवर्स न रहें और लवर्स के ख्याल पर रहस्यमय ढंग से मुस्कुराये। उन्हें ख्याल नहीं आता, उन्होंने एक बार से अधिक कभी प्रेम किया था। जब वह किशोर थे, तभी विवाह उनके अभिभावकों ने कर दिया था। सार्वजनिक जीवन में एक बार अवश्य उनका संबंध एक स्त्री से हो गया था। मगर वह एक दुर्घटना ही थी, जिसे वह भूलना भी चाहते थे और याद कर दुखी भी होना चाहते थे। एक अर्से तक उन्हें प्रेम-कथा पढ़ने का शौक रहा था और अब भी कभी-कभी समय निकालकर पढ़ लेते थे। ऐसे वक्त उनकी इच्छा होती थी कि वह भी अपनी दुःखान्त प्रेम-कथा लिखें और पाठक और पाठिकाएँ उनकी कहानी पढ़कर रोयें और उन्हें दुख-भरा पत्र लिखें, मैं भी आपकी ही तरह दुखी हूँ। दुख आदमी के लिए कितना जरूरी है।

विचारपूर्ण मुद्रा में वह मेज़ के किनारे खड़े ही थे कि दो सम्भ्रान्त महानुभावों ने प्रवेश किया। वे दोनों ही परिचित थे। उन्होंने मुस्कान के साथ उनका स्वागत किया और फिर अपने सोफे पर अपने को फेंक दिया। उन्हें लगा, वह बहुत थक गये हैं और इस थकान का कोई अन्त नहीं। ठीक सामने दीवार पर, गांधी जी का पोर्ट्रेट लगा हुआ था। कुछ निमिष वह उसे देखते रहे; फिर अपने आप मौन भंग करते हुए अभ्यागत महानुभावों से बोले, "जानते हैं चित्र क्या कह रहा है ?" दोनों ने पहले चित्र, फिर उनकी ओर प्रश्नभरी आँखों से देखा, जैसे वे पूछना चाहते हों, क्या चित्र भी कुछ कह सकता है ? उन्होंने पहले ठंडी साँस भर, फिर निढाल होते हुए कहा, "चित्र कह रहा है, लोग मुझे भूल गये हैं।" इस बार दोनों ने एक-दूसरे को देखा और बड़ी देर तक सिर हिलाते रहे। वह जानते थे, उन्होंने अपनी सूझ से उन दोनों को हतप्रभ और चमत्कृत कर दिया है। वह खुद हैरान थे कि इस प्रकार की असंख्य सूझें उनके अंदर कहाँ छिपी पड़ी हैं, जो मौका पाते ही उछल कर अपनी चमक से लोगों को और लोगों से पहले खुद उनको चमत्कृत कर जाती हैं। उन्होंने अपनी आँखें बंद कर ली थीं और उनकी बातें सुन रहे थे।

लोगों ने बताया कि नगर में नागरिकों की एक अभिनंदन समिति कायम हुई है, जिसने इसी अगस्त में उनकी 50वीं वर्षगाँठ पर उनका अभिनन्दन करने और उन्हें एक अभिनन्दन-ग्रन्थ भेंट करने का निर्णय किया है। तैयारियाँ शुरू हो गयी हैं।

उन्होंने अपनी आँखें उसी तरह बंद रखीं और दायें हाथ की तीसरी अँगुली ओठ पर रखते हुए बोले, मगर इस सबकी क्या जरूरत है!" फिर आँखें खोलीं, उठ खड़े हुए और अपने बालों में अपने दोनों हाथों की अँगुलियाँ उलझाते हुए बोले, अनिनंदन, अभिनंदन, अभिनंदन! फिर शांत होते हुए बायीं ओर दीवार पर लगे पंडित जवाहरलाल नेहरू के चित्र की ओर इशारा कर कहा, "अभिनंदन इस आदमी का कीजिए जिसने देश के लिए सब कुछ किया है। मैंने क्या किया है ?"

और वह भावपूर्ण ढंग से चुप हो गये। जब, उनके मौन के प्रत्युत्तर में, उन दोनों ने कुछ नहीं कहा, चुपचाप उनके समीप खड़े ही रहे, तब उन्होंने अपनी दोनों कोहनियाँ उन दोनों के कंधों पर रख दीं और थके हुए से बोले, "किस तारीख को पड़ती है मेरी वर्षगाँठ ?"

दोनों ने एक साथ कहा, "10 अगस्त।" उन्होंने अपनी पकड़ ढीली कर दी और उन्हें विदा देते हुए कहा, "याद रखूँगा !"

उनके चले जाने के बाद वह सोचते रहे थे, लोग उनकी इतनी इज्जत क्यों करते हैं ? उनका जी सचमुच आज बहुत खुश था। और खुशी में वह कोई गीत, कोई धुन, गुनगुनाना चाहते थे।

निजी सचिव ने आकर उन्हें बताया कि एक साहित्यकार सज्जन उनसे मिलना चाहते हैं। तब तक वह सज्जन आ ही चुके थे। "आईये, आईये, आईये ··" उन्होंने लेखक का स्वागत करते हुए कहा और उन्हें लगा, अगर उन्हें किसी ने रोक न दिया तो वह बड़ी देह तक 'आईये-आईये' कहते रहेंगे। अतः झटके के साथ मुस्कुराकर उन्होंने अपना वाक्य पूरा किया, "साहित्यकार महाशय !"

"इस बार आपकी लेखनी से किस महत्त्वपूर्ण रचना का सृजन हुआ है ?" अपने वाक्य पर मुग्ध होते हुए उन्होंने सोचा, वह बहुत अच्छी हिन्दी बोल लेते हैं। जाहिर है कि अगर वह मंत्री न हुए होते तो उनका लेखक

होना निश्चित था। अपनी टोपी, अपनी अँगुली में घुमाते हुए उन्होंने कहा, "कभी-कभी इच्छा होती है, सारा काम-धाम छोड़कर लिखूँ। बहुत कुछ कहने को है, बहुत कुछ सुनने को…"

लेखक ने उनकी बात तेजी से काटी। अगर अभी उसने उन्हें प्रेरित नहीं किया तो वह फिर कभी कलम नहीं उठा सकेंगे। उसकी इच्छा हुई वह फौरन मेज पर से कलम उठा ले और उनसे अनुनय के साथ कहे, 'लिखिये न !' मगर उसने अपनी भावनाओं को दबाते हुए कहा, "आपको तो अवश्य लिखना चाहिए।" और फिर उसे लगा, वह गलत बात कह गया है। उसे कहना चाहिए था, "आप लिखते क्यों नहीं ? आपके लेखन के बिना साहित्य कितना विपन्न है, कितनी दीन दशा में है।" वह पछताता रहा और उसने निश्चय किया वह प्रसंग निकाल कर कभी-न-कभी उनसे यह बात जरूर कहेगा।

उसने देखा वह गमगीन हो गये थे। फिर उन्होंने ठंडी साँस भरते हुए कहा, "वक्त कहाँ मिलता है, भाई ! जीवन में कभी इतना समय नहीं मिला कि कुछ सोचूँ, कुछ कहूँ, कुछ अपनी, कुछ परायी…"

वह समझ गया था, वह 'सेल्फ कनफ़ेशन' के मूड में आ गये हैं और संभव है यह मूड देर तक जारी रहे। उसने अपने बैग में से एक चमकदार जिल्द वाली ताजी किताब निकाली और धीरे से बोला, "आपको सादर समर्पित है।"

उन्होंने उत्सुकता के साथ पुस्तक ली, कुछ देर इधर-उधर पन्ने पलटते रहे, फिर लापरवाही के साथ समर्पण वाला पृष्ठ खोला। देखा, छपे हुए अक्षरों में लिखा था, "गिन्नी बाबू को, जो लोगों के लिए मंत्री हैं, मेरे लिए पिता-तुल्य।" उनकी आँखें चमक उठीं और उन्होंने स्नेह में भरकर उसे देखा। फिर धीरे से बोले, "भीतर हो आये ?"

वह उठकर उनके पास वाले सोफे पर बैठ गया था। उसने कहा, "जी अभी नहीं गया। अम्माँ कैसी हैं ?"

"ठीक हैं। बीमार रहती हैं। मानव जीवन का क्या ? जीवन तो क्षणभंगुर है !" क्षणभंगुर शब्द पर उन्होंने इस तरह जोर दिया कि क्षण-भर को तो उन्हें भी लगा कि यह शब्द उनका बिलकुल अपना है,

उन्हीं का ईजाद किया हुआ है।

थोड़ी देर चुप रहकर उन्होंने कहा, "मगर छोड़ो यह सब !" और वह उठ खड़े हुए। वह समझ गया था कि समय हो चुका है। उसने विदा लेते हुए कहा, "जी आजकल मैं बेकार हूँ।" उन्होंने उसे एक बार देखा और पाया कि वह उन्हें देख रहा था। उन्होंने नज़रें झुका लीं और बोले, "शिक्षा-सचिव को पुस्तक की पाँच प्रतियाँ दे आना।" उनके चले जाने के बाद, पुस्तक उन्होंने मेज पर रख दी। क्षण-भर बाद पुस्तक उन्होंने उठायी, समर्पण वाला पृष्ठ खोला और उनकी आँखें फिर चमक उठीं। उन्होंने अनुभव किया, आज वह बहुत खुश हैं। अभिनन्दन, समर्पण, सम्मेलन ! संसार में इतना सुख क्यों है ? उनकी इच्छा हो रही थी वह इसी समय जाकर अपनी श्रीमती को चौंका दें और पूछें—बोलो तुम्हें किस बात का दुख है ?

उन्होंने निजी सचिव को बुलाया और कहा कि वह लंच तक के तमाम इंगेजमेंट्स रद्द कर दें। संस्था के लोगों से वह शाम को मिल लेंगे। निजी सचिव चला गया था। गरमी बढ़ गयी थी। उन्होंने अपनी टोपी दीवार पर लगे हैंगर में लटका दी और बगल का द्वार खोलते हुए अन्दर चले गये। गेस्ट रूम और ड्राइंग रूम के पास-पास गुज़रते लम्बे बरामदे से होते हुए, जब वह अपने कमरे में पहुँचे, तो उन्होंने देखा, उनकी श्रीमती जी कमरे के बीचोबीच लगे झूले में बैठी हुई उनकी कमीज के बटन टाँक रही थीं। बत्तीस वर्षों के विवाहित जीवन के बावजूद उनकी सहधर्मिणी में कहीं कोई परिवर्तन नहीं हुआ था, केवल शरीर पहले से और स्थूल हो गया था। वह स्वयं काफी स्थूल थे, मगर उनकी सहधर्मिणी उनसे भी अधिक स्थूल थीं और दस कदम चल कर हाँफ जाती थीं। उन्हें याद है, बहुत साल पहले एक सार्वजनिक समारोह में उनका परिचय देते हुए, संयोजकों में से एक ने कहा था, गिन्नी बाबू महापुरुष हैं और उनकी सहधर्मिणी महारानी। श्रोताओं ने हर्षविह्वल होकर जब ताली बजायी, तो बड़ी देर तक वह भी ताली बजाते रहे थे।

वह दबे पाँव झूले के पास गए, ठीक उनके पीछे खड़े हुए और फिर एक बार झूला जोरों से आगे ठेल दिया। 'मरी राम' कहती हुई उनकी

श्रीमती जी झूले पर लुढ़क गयी थीं। आगे और कुछ ऊपर जाकर झूला जब वापस आया, तो उन्होंने उसे थाम लिया।

उन्होंने देखा, उनकी पत्नी घबरा गयी थीं। उनकी इच्छा हुई, वह खिलखिलाकर हँस पड़ें; मगर वह जानते थे, श्रीमती जी एक बार कोप में आकर, देर तक नहीं मानती थीं।

वह उचक कर झूले पर बैठ गए और अपनी पत्नी के दोनों कपोल अपने हाथों में भरते हुए बोले, "क्या चाहिए तुम्हें ?" उन्होंने रूठकर मुँह फेर लिया था। वह उठे और मेज पर रखी तश्तरी में से बर्फी का एक टुकड़ा उठा कर जबरन उनके मुँह में ठूँस दिया। उन्होंने देखा, वह और भी क्रोध में आ गयी थीं। देर तक वह उन्हें मनाते रहे और जब देखा कि गुस्सा शान्त हो चला है तो उचक कर उनसे प्रायः सटकर बोले, "मंत्राणी जी, क्या चाहिए तुम्हें ?"

वह मुँह नीचा किये ही किये बोलीं, "बड़े भैया का रोज़गार मंदा है। लड़कों की नौकरी के लिए कितनी बार कह चुके हैं। तुम्हारी आँखों का तो शरम मर गया है।"

प्रफुल्लित होकर उन्होंने अपनी पत्नी का सिर अपनी गोद में रख लिया और माथा सहलाते हुए बोले, "बस, इतनी-सी बात ! कौन-सी नौकरी चाहिए तुम्हारे भानजे को ? डिप्टी कलक्टरी, लाट बनवा दें ?" भानजे का लाट बनवाने का खयाल करते हुए उन्हें अनुभव हुआ, वह सर्वशक्तिमान हैं। वह जिसे जो चाहें सो बनवा सकते हैं। अपनी शक्ति के विषय में सोचते हुए शरीर में पौरुष की लहर दौड़ गई। पत्नी को अपने आलिंगन में कर लिया।

चौंक कर उन्होंने उसे छोड़ दिया। देखा, नौकर पर्दे के बाहर देहरी पर खड़ा था। दरवाजे तक आते हुए, खिसियाकर उन्होंने पूछा, क्या है ? नौकर ने बताया कि कोई आदमी है, बाहर उत्पात कर रहा है। पी० ए० साहब ने बहुत मना किया। कहता है, साहब से बिना मिले नहीं जायेंगे।

उनकी इच्छा हुई वह खींचकर एक चाँटा नौकर को लगायें और दूसरा निजी सचिव को। तेज़-तेज़ वह अपने मुलाकात के कमरे तक

आये, टोपी हैंगर से उठाकर सिर पर रख ली और झुँझलाकर बोले, "भेज दो उसे !" हाथी-दाँत का पनडिब्बा खोलकर इकट्ठे चार पान उन्होंने मुँह में भर लिए थे। जब वह क्रोध में आते, तब चार बीड़े पान मुँह में दबा लेते । उनका स्वभाव था । उन्होंने देखा, सामने एक ताड़-सा लम्बा और काला आदमी खड़ा था । वह परेशान दीख रहा था और उसकी कमीज बाँह के पास फटी थी ।

उन्होंने उसे बैठने के लिए नहीं कहा । मगर वह थका हुआ-सा था और हत्थे का सहारा लेकर कुर्सी पर बैठ गया ।

उसने झिझकते हुए कहा, "आपसे मिलने आया हूँ ।"

उन्होंने कोई जवाब नहीं दिया । गुस्से में पान चबाते रहे ।

"शायद आपने मुझे पहचाना नहीं !"

उन्होंने फिर कोई उत्तर नहीं दिया ।

"मैं आपके साथ स्कूल में पढ़ा हूँ ।"

"मुझे याद नहीं ।" उन्होंने पान की पीक निगलते हुए उसी गुस्से में कहा । "आपको काम क्या है, साफ़-साफ़ कहिये ।"

उसने बताया कि खयानत के जुर्म में उसकी नौकरी छूट गयी थी । अब इन्क्वायरी के बाद उसे बेकुसूर पाया गया है । तब भी उसे नौकरी पर बहाल नहीं किया जा रहा है ।

"तो आपने मुझे क्या समझ रखा है ?" वह उठकर खड़े हो गए थे और चीख रहे थे और उन्हें लग रहा था कि जब वह चीखते हैं, तब सारा संसार स्तब्ध हो जाता है, यहाँ तक कि पेड़-पौधे भी हिलना बन्द कर देते हैं । "क्या मैं नौकरी दिलाने का दफ्तर हूँ ?" दफ्तर ! सचमुच वेहूदी चीज़ है दफ्तर ! अगर उन्हें चौबीस घण्टे दफ्तर रहना पड़े, तो, उन्होंने सोचा, उनका दम ही घुट जाये । उन्होंने अपना हाथ गले पर रखा और सहलाने लगे । पान की पीक साँस की नली में जाते-जाते बच गयी थी । "जी, मैंने बहुत कोशिश की । मगर अफसरों में मेरी सुनवाई नहीं हुई । मैं दो साल से इसी हालत में हूँ । आप मेहरबानी…"

उन्हें लगा, कुछ देर और इस आदमी ने बकवास की तो वह अपना गुस्सा नहीं रोक सकेंगे ।

निजी सचिव कमरे के अन्दर आ गया था और इशारा कर उसे अपने साथ बाहर ले गया था।

वह धम्म-से सोफे पर गिर पड़े। उन्हें लगा, वह सचमुच एक बहुत परेशान आदमी हैं। सारी दुनिया की मुसीबतें उनके सिर पर हैं। नौकरी दिलाओ, मिनिस्ट्री चलाओ, संस्था का काम देखो ! एक अकेला आदमी क्या-क्या करे ? और फिर उन्हें कहावत याद आयी, 'अनईजी लाइज द हैड दैट वियर्स द क्राउन।' और उन्हें लगा सोने के काँटे उनके माथे के अन्दर उतरते जा रहे हैं। पीड़ा और सुख ! सुख और पीड़ा।

उन्होंने आँखें खोलीं, तो उनकी नज़र कुर्सी के पास वाले स्टूल पर रखे, चमकदार कागज में लिपटे एक टुकड़े पर पड़ी। चौंक कर वह उठे। देखा, चॉकलेट थी। चॉकलेट। वह चौंक से गये। उन्होंने निजी सचिव को बुलाया और पूछा, "क्या नाम था उस आदमी का ?"

"गिरीलाल।"

गिरीलाल। चॉकलेट। उनके सामने स्कूल के दिनों का वह चित्र उभर गया, जब पहले-पहल गिरीलाल ने उनसे पूछा था, 'तुम्हें कौन-सी मिठाई पसन्द हैं।' 'चॉकलेट।' उन्होंने तपाक् से कहा था। दूसरे दिन गिरीलाल ने उन्हें चॉकलेट दी और उन्हें ले गया। पहले उन्होंने आना-कानी की, फिर चॉकलेट के लोभ से कोई विरोध नहीं किया। तीन वर्ष गिरीलाल उनका सहपाठी रहा और वह रोज़ उन्हें एक चॉकलेट देता और ले जाता। यहाँ तक कि स्कूल के लड़कों को भी बात मालूम हो गयी थी और वे उन्हें चॉकलेट के नाम से चिढ़ाते। स्कूल और मुहल्ले की दीवारों पर भी लिख दिया था, 'चॉकलेट !'

वह पसीने-पसीने हो गए थे और उनके हाथ के पसीने में गीली होकर चॉकलेट लिजलिजी हो गयी थी। उन्होंने चौंककर चारों ओर देखा, किसी ने उन्हें इस हालत में देखा तो नहीं। मगर कमरे में कोई न था। निजी सचिव पार्टीशन के बाहर टाइप कर रहा था। उन्होंने चॉकलेट मुट्ठी में दबा ली, दरवाजे की ओर बढ़े; फिर दरवाजे के किनारे रखी गोपनीय फाइलों वाली अलमारी खोली और चॉकलेट की वह गोली, चिपचिपी डली, रख दी। अलमारी में ताला बन्द किया और

राहत की साँस लेते हुए कुर्सी पर बैठ गए। कलम उठायी, मेज पर रखी गिरीलाल की अपील अपनी ओर खींची और किनारे पर लिख दिया, 'नौकरी पर बहाल किया जाए।' फिर निजी सचिव को बुलाकर कहा, इसे सेक्रेटरी के पास अभी भेज दो। अपील लेकर जब निजी सचिव चला गया, तब आत्मस्थ होते हुए, वह सोफे पर पसर गए। उन्होंने अनुभव किया, उन्होंने गिरीलाल से बदला ले लिया।

[1959

झाड़ी

वसन्त की सूनी-सूनी दोपहर के पत्ते सड़क पर उड़ रहे थे। सूखे, चुरमुराये हुए पत्तों का एक रेला सड़क पर दूर तक दौड़ता हुआ उसकी कमर से लेकर कन्धों तक लिपट गया। उसे ढँक गया। वसन्त की इस दौड़ती हुई झाड़ी से बाहर निकलते हुए अखिल ने अनुभव किया गर्मी काफी पड़ने लगी है और पसीने से चिपककर धूल बदन पर एक अजब अहसास पैदा कर रही है। उसने माथे पर छलछला आयी बूँदें रूमाल से पोंछीं और सड़क पार कर तेज-तेज चलता हुआ बस स्टैण्ड की ओर बढ़ गया।

ऑफिस के अपने सहयोगियों से बिना कुछ कहे वह उठकर चला आया था और वह जानता था, उन सबको उसके व्यवहार पर जरूर हैरानी हो रही होगी। मगर वह उठकर न आता तब भी उन्हें हैरानी होती।

वह खुश था कि वर्षों के सोच-विचार के बाद उसने आखिरकार फैसला ले ही लिया। कई बार उसने सोचा और फिर कुछ न कर सका। और हर कुछ न कर सकने के पश्चात् उसे अपनी असहायता पर क्षोभ होता, स्वयं पर ग्लानि होती और खुद पर गुस्सा होता।

बचपन में उसके घर के चारों ओर एक काँटों की झाड़ी थी जिसे उसके हमजोली छलाँग मारकर पार कर लिया करते थे। उस ओर जाकर वे तालियाँ बजाते और अखिल को प्रोत्साहित करते कि वह भी एक छलाँग में इस ओर आ जाये। वह कई बार दूर से दौड़ता हुआ आता और आँखें मूंद लेता और प्रयत्न करता कि उछलकर छोटी-सी वह झाड़ी लाँघ जाये। मगर हर बार एक अनजाने भय से उसका मन भर

जाता। उसे लगता कि उसने जरा भी छलाँग मारने की कोशिश की तो बीच में ही उलझ जायेगा और उसका शरीर काँटों से लहूलुहान हो जायेगा। काँटों में फँसने के ख्याल से उसे रोमांच हो आता और वह पाता कि वह दौड़ता हुआ आकर झाड़ी के समीप रुक गया है और उसके पैर काँप रहे हैं। आँखें खोल हमजोलियों को उस ओर देखता और पस्त हो जाता। वह कभी भी झाड़ी पार न कर सका। हारकर उसने अपने एक हमजोली से कहा कि वह उसे उस ओर फेंक दे। एक बार डर दूर हो जाने पर हमेशा के लिए जाता रहेगा। जब उसने उसे फेंक दिया तो उसने पाया वह झाड़ी में आ पड़ा था और काँटों से उसका शरीर छिल गया था। मगर वह दर्द से अधिक शर्म और शर्म से अधिक किसी भी कीमत पर झाड़ी न पार कर सकने की स्थिति पर रो रहा था। वह जान गया था—वह झाड़ी कभी लाँघ नहीं सकेगा।

इतने वर्षों के बाद भी, अब भी जब कभी उसे बचपन की वह बात याद आती, तो उसे लगता इस सारे दौरान में उसके साथ-साथ बचपन की वह झाड़ी भी बड़ी होती रही है और अब भी वह उसी तरह असहाय है, अपनी झाड़ी के सामने छोटा है। अब भी यदि वह प्रयत्न करे तो दौड़ता हुआ आकर रुक जायेगा और काँटों की वह दीवार नहीं पार कर सकेगा। अपने चारों ओर एक हमउम्र झाड़ी होने की कल्पना पर वह सिहर उठता। मगर फिर अपने ख्याल को एक झटका दे सिर झुका काम पर लग जाता।

वह जब अपने साथियों को इस कदर खुश या गप्पें हाँकते देखता तो उसे लगता, वे सब सचमुच सुखी हैं। वे या तो झाड़ी के उस पार हैं या फिर उनके चारों ओर कुछ है ही नहीं। और वह इस नतीजे पर पहुँचता कि दरअसल उनके आस-पास कुछ है ही नहीं। उनकी तुलना में अपने इर्द-गिर्द कुछ होने के विचार पर उसे गर्व होता और वह अनुभव करता कि वह उनसे बड़ा है।

वसन्त की इस दोपहर में दौड़ते हुए पत्तों के झुरमुट से निकलते हुए उसने अनुभव किया, उसने आखिरकार एक छलाँग में वह झाड़ी पार कर ली है और अब वह झाड़ी कहीं नहीं है। उसने जिन्दगी में पहली

बार अपने को मुक्त अनुभव किया और उसे पहली बार लगा—सारा ससार बहुत खुला हुआ है जिसमें आदमी धूल के बगूले की तरह दौड़ता हुआ कहीं भी जाने को स्वाधीन है।

बस-स्टैण्ड पर भीड़ लगभग नहीं थी। केवल कुछ लोग एक क्यू बनाकर खड़े हुए थे और बस की प्रतीक्षा कर रहे थे। वह चुपचाप पीछे जाकर खड़ा हो गया और सामने के पेवमेण्ट पर एक महिला को वसन्ती साड़ी से मैच करते ब्लाउज की लाट देखने लगा। फिर उसने अपनी नजर हटा ली, कलाई की घड़ी पर दृष्टि फेंकी और रूमाल से माथे का पसीना पोंछने लगा। अकस्मात् उसे लगा, पसीने की बदबू उसके सीने से चिपकी बनियान से भी आ रही है और उसके अन्दर कुछ चिपचिपा रहा है। कुछ भी नहीं। अपने ख्याल को एक झटके के साथ दूर फेंकता हुआ रूमाल कमीज के अन्दर डाल वह अपनी बनियान का पसीना सुखाने लगा। किसी चीज से चिपकने के ख्याल से ही उसे घबराहट होती थी। पिछले तमाम वर्षों के अनुभव से वह जानता था हर चीज एक जोंक की तरह होती है, जो दूसरी चीज से चिपककर तब तक अलग नहीं होती, जब तक उसका लहू पी फूलकर स्वयं न गिर जाये। कोई चीज उसका लहू पीकर फूलकर गिर पड़ी है। नहीं, उसने स्वयं ही उसे फेंक दिया है और अब वह बिलकुल चुस्त-दुरुस्त है और पूरी तरह स्वस्थ। दो दिन पहले वह खुद भी नहीं सोच सकता था कि वह कभी इस कदर उत्फुल्ल हो सकता है। मगर एक झटका और अलग। एक छलाँग। और लो कहीं कुछ भी नहीं।

स्टैण्ड की ओर आती बस देख दोपहर में समाये हुए-से क्यू में सुगबुगाहट आने लगी और क्यू आगे बढ़ने लगी। उसके पैर भी अपने आप आगे बढ़ गये। उसने सुना, आगे वाला आदमी कण्डक्टर से जिरह कर रहा था :

"बस मोती बाग जायेगी ?"

"नहीं ?"

"क्यों ?"

"अजीब सवाल है !" कण्डक्टर झुंझलाता हुआ कह रहा था। "नहीं

ाती इसलिए नहीं जायेगी।"

उसके होंठों पर मुसकराट आ गयी। बस चली गयी थी और वह ऊबकर अपनी घड़ी की ओर देखता हुआ अगली बस की प्रतीक्षा कर रहा था।

टाइम क्या हुआ है ? उसके आगे खड़ी महिला ने पीछे मुड़कर उससे पूछा।

"दो पच्चीस।" उसने संक्षिप्त-सा उत्तर दिया।

"यहाँ का बस-सिस्टम गहुत खराब है।" उस महिला ने बात बढ़ाते हुए कहा, जिसे सुनकर वह चुप रहा।

वह जानता था उसे देर हो रही थी। असल में वह जल्द से जल्द पहुँचकर उमा को चौंका देना चाहता था। इस समय उमा लेटी हुई होगी या फिर कोई फ़िज़ूल-सी किताब लिए पड़ी होगी। औरतों को मालूम पड़ता है और कोई काम नहीं होता। उमा यह सोच भी नहीं सकती कि वह ऐसे समय और ऐसा समाचार लेकर आ सकता है। पहले वह दिन में कई बार उसके ऑफिस फोन किया करती थी। मगर पिछले साल-भर से यह सिलसिला बन्द था। कुछ तो वह भी थक गया था और कुछ, लगता है, वह भी थक गयी थी। बात यह है कि उसे यह सब अब निहायत बचकाना मालूम पड़ता था। एक उम्र होती है जब आदमी को सब कुछ अच्छा लगता है। मगर एक उम्र होती है जब उसे पहले जो कुछ अच्छा लगता था, वह सब बुरा लगता है—यहाँ तक कि प्रेमिका भी। गनीमत है कि उमा उसे अब भी अच्छी लगती थी। शायद यह भी एक बचकानापन ही हो। वह अपने इस ख्याल पर मन ही मन हँसा।

उसने अपना पैर पास खड़े शू-शाइन वाले लड़के की ओर बढ़ा दिया और जूतों पर पॉलिश कराने लगा। रोज की तरह आज उसने उसे झिड़का नहीं और सोचने लगा, ऐसा क्यों होता है कि कभी आदमी को तमाम चीजें हलकी और खुश नजर आती हैं!

जेब से चेंज निकाल पॉलिश वाले लड़के की ओर फेंक वह तेजी से बस पर चढ़ गया और आगे के कोने की सीट पर बैठ गया जहाँ पेट्रोल; और धूल की मिली-जुली गन्ध आ रही थी। बस में आगे की सीट पर

बैठना उसकी आदत थी और जब भी वह यह सीट पा जाता, बैठते हुए उसे बचपन में मास्टर का कहा हुआ फिकरा याद आता, आगे की बैंच पर बैठने वाले लड़के हमेशा ही होशियार नहीं होते। और वह मुसकरा पड़ता।

मगर, क्या वह हमेशा ही औरों से होशियार नहीं रहा है ? जब वह नौकरी पर पहले दिन आया था तो उसने पूरे दिन का काम कुछ ही घण्टों में समाप्त कर डाला था और फाइलें सरका दी थीं। मेज पर वह चुपचाप बैठा हुआ था कि उसके अफ़सर ने आकर उससे कहा था अखिल, बहुत हुआ। बाकी काम कल करना। अखिल को वह पहले से जानता था। बाहर निकलते हुए उसने कहा था, काम को काम की तरह करना चाहिए। वर्क इज नॉट टु बी टेकन ऐज सीरियसली ऐज लाइफ़। फिर ठहरकर कहा था, 'और जिन्दगी को भी इतने सीरियसली लेने की क्या जरूरत है !' वह ठठाकर हँस पड़ा था। अखिल को उसका ठहाका बिलकुल बोदा और घटिया जान पड़ा था। मगर, उसने सोचा था, कौन जाने शायद यह लॉ ही हो। आदमी इस चक्र में पड़कर ठीक ऐसा ही हो जाता हो। दस साल बाद, हो सकता है, वह भी ऐसी ही खोखली हँसी हँसे और तब किसी और को वह सस्ता और अर्थहीन प्रतीत हो।

मगर इस तमाम अरसे में वह बिलकुल ही नहीं बदला था सिवाय इसके कि उसके सामने साफ-साफ विकल्प था, या तो वह काम पूरी तरह करे या बिलकुल न करे। पूरी तरह करने के बाद उसने पाया था कि वह बिलकुल ही नहीं कर सकता था। वह अपने-आपको नष्ट करता रहा था और अब कतई इस प्रवाह में बहते जाना नहीं चाहता था। कहीं न कहीं अपने पैर टेकने होंगे और खड़ा होना होगा, फिर इस प्रयत्न में वह चाहे उखड़ ही क्यों न जाये। एक बार ललकारना ही होगा। अपनी तमाम शक्ति के साथ। अगर नष्ट होना ही है तो स्वयं अपने को नष्ट करना होगा।

मगर क्षण-भर को ही सही वह अपने पैर कहाँ टेके ? क्या पता वह भी बालू ही हो। और टिकने के बजाय वह बहता ही चला जाये, जिसके प्रवाह के प्रतिकूल वह खड़ा होने का प्रयत्न करे, फिर उसी का अंग बन

कर हमेशा के लिए समाप्त हो जाये। कोई जगह भी तो होनी चाहिए। और तब उसे लगा था वह जगह उमा है।

उसने उत्साह में भरकर उमा से कहा था। उमा तमाम देर उत्सुकता के साथ सुनती रही थी। वह जब आवेश में आ जाता था तो जोर-जोर से बोलता था और फिर कहीं नहीं रुकता था। उमा उससे कहती भी थी कि तुम बहुत लाउड हो। मगर शायद यह उसका स्वभाव ही था। वह उसे बताता रहा था कि वह काम छोड़ देना चाहता है। इस तरह नष्ट होने का कोई लाभ नहीं। प्रमोशन, तरक्की, रुटीन, आदमी क्या इन्हीं के लिए जीता है?

फिर उसे लगा था, उमा उसकी बात पकड़ नहीं पा रही है। तब उसने उसे मानो समझाते हुए कहा था, एक बार अपने को ऐसी जगह फेंक देना चाहिए जहाँ कुछ भी न हो। देखा जाये, तब भी वहाँ क्या है। शायद अनिश्चितता ही वह चीज है, जिसमें पड़कर आदमी अपनी प्रतिभा का गड़ा हुआ धन खोद-खोदकर लाता है और दाँव पर लगाता है। सब कुछ हारकर भी वह असन्तुष्ट नहीं मरता। कम से कम उसे यह बात सन्तोष देती है कि दाँव पर लगाने के लिए उसके पास कुछ था। वह कंगाल नहीं था। एक हमेशा ही झूलता हुआ या एक बराबर घरघराता हुआ खतरा। इसके बाहर कुछ भी नहीं है। आदमी की तमाम कुछ कर सकने की क्षमता इस शोर में पैदा हुई है।

उसकी बातें सुनते-सुनते उमा की आँखें चमक उठी थीं। उसने सहमति दे दी थी। वह जानता था उमा की सहमति से वह अपने-आपको किसी भी भँवरजाल में फेंक सकता था। अक्सर क्या हमेशा ही जब उसे अपने पर विश्वास नहीं होता तब उमा पर होता।

कृतज्ञता और आवेश में भरकर वह उमा को चूमने लगा था। उसके होंठों को, कन्धों को, वक्ष को। उमा ने शर्म और पुलक में भरकर कहा था, पागल हो गये हो क्या! मगर वह नहीं रुका था। उसे ताबड़तोड़ चूमता रहा था।

दूसरे दिन जब उसने दफ्तर में प्रवेश किया, तो उसे लगा, उसमें पहले से कुछ अधिक आत्मविश्वास है और उसे किसी बात की फिक्र नहीं।

वह कुछ भी कर सकने में समर्थ है। उसने अपना कोट हैंगर पर टाँग दिया, टाई ढीली की और चारों ओर नजर दौड़ाने लगा। देखा कि लोग फाइल पर, टाइप पर या खाली मेज़ पर झुके हुए हैं या बातचीत में मशगूल हैं। आखिर यह सब क्यों हो रहा है ? किसके लिए हो रहा है ? और इस सबका क्या अर्थ है ? भाड़ में जाये। उसे इस सबसे क्या लेना-देना है !

और उसने हमेशा की तरह अपना सिर झुका लिया। मगर थोड़ी देर इसी तरह बैठे रहने के बाद उसे अनुभव हुआ कि वह कई वर्षों से और क्या पता कई जन्मों से वहाँ इसी तरह बैठा हुआ है और बूढ़ा हो रहा है और कुबड़ा हो रहा है। नहीं, अब एक मिनट भी नहीं। वह फैसला कर चुका है और उसे जरा भी सोच-विचार नहीं करना चाहिए।

वह आवेग में उठ खड़ा हुआ और तत्काल उसे लगा, लोगों ने उसे ऐसा करते हुए देख लिया है। मगर किसी ने उस पर ध्यान नहीं दिया। सब अपने-अपने काम पर लगे हुए थे।

चाय के लिए बाहर आते हुए उसने सोचा, एक बहुत बड़ा कैदखाना है और सबके पैरों में बेड़ियाँ पड़ी हुई हैं। ऊपर से नीचे तक। कोई भी नहीं बचा। सब एक-दूसरे के कैदी हैं और एक-दूसरे पर निगाह रखते हैं।

इस तरह दम घुट जायेगा और वह इस कालकोठरी में एक गुमनाम मृत्यु मर जायेगा। अब देर नहीं की जा सकती। उसका एक-एक मिनट कीमती है। लंच के दौरान में वह बरामदे में टहलता रहा और जैसे ही उसके सीनियर अफसर ने अपने कमरे में प्रवेश किया, वह अपना इस्तीफा उनकी मेज पर रख आया। कमरे से निकलने हुए उसका चेहरा तमतमाया हुआ था और उसे लगा था उस बड़े-से हॉल में बैठे हुए सब लोग उसे देख रहे हैं। मगर उस समय भी उसे कोई नहीं देख रहा था।

ऑफिस के बाहर निकलते हुए उसने अनुभव किया, उसका तनाव ढीला पड़ रहा है और वह वापस आ रहा है। जो कुछ उसने किया, उसके औचित्य-अनौचित्य पर वह नये सिरे से विचार नहीं करना चाहता था। उसे वह करना ही था।

अपनी पीठ से एक बहुत बड़े कैदखाने का बोझ फेंक वह अपने को

बिलकुल हलका अनुभव कर रहा था। अपने को स्वाधीन, बली और बेलाग अनुभव करता हुआ वह दफ्तर की बड़ी-सी इमारत पीछे छोड़ आया था।

बस से उतरकर उसने घड़ी देखी तो तीन बजे हुए थे। इस वक्त जाकर उमा को चौंका देने के ख्याल पर एक बार फिर उसे खुशी हुई। उसने तय किया कि वह शाम को उसे लेकर बाहर निकल पड़ेगा और किसी बढ़िया रेस्तराँ में वे दोनों चाय पियेंगे। आगे क्या करना है, इस पर वह उससे कतई बात नहीं करेगा। वह जानता था, उमा भी नहीं करेगी। उसने अपने आपको एक अनिश्चित क्षण में एक जाल की तरह फेंक दिया था और जिन्दगी का सारा तनाव ढीला हो गया था। अब क्या होना है, इस पर विचार करना फिर उसी सिलसिले को स्वीकार करना है।

कमरे में घुसते हुए उमा सचमुच सोई हुई थी। किताब औंधी उसके मुँह पर पड़ी हुई थी और साड़ी का पल्ला वक्ष से बिलकुल हटा हुआ था। पहले उसने सोचा वह बैठकर उसके जागने का इन्तजार करे। फिर उसे शरारत सूझी। वह मुस्कराया और उसने उमा के खुले हुए वक्ष के बीचोबीच चूम लिया। चौंककर उठते हुए उमा ने उसे झिड़का तो वह उसे बहुत आत्मीय लगी।

सुस्थिर होते हुए उमा ने उसे पूछा कि वह इस वक्त ऑफिस से कैसे ?

पहले चाय बनाओ, उसने आरामकुर्सी पर अपने को फेंकते हुए कहा। वह जानता था कि वह उमा के साथ घटिया हरकतें कर रहा है। मगर कभी-कभी घटिया, बेहूदा और फूहड़ हो जाने में न जाने कैसा सुख मिलता है। साफ-सुथरी सड़क से उतरकर कीचड़ में चलकर अपने पैर गीले करना भी कभी-कभी बहुत सुहाता है।

उमा ने स्टोव जला दिया था और चाय का पानी उस पर रख दिया था। वह उमा की ओर देख रहा था। उमा सचमुच सुन्दर थी। उसके मुख पर एक अजनबीपन था, जो उसे औरों से अलग करता था। उसका शरीर गठा हुआ था और लगता था एक अँगड़ाई में टूट जायेगा।

वह आरामकुर्सी से उठकर उमा के समीप आ गया और उससे सटकर बैठते हुए उसने उसका कर्णफूल चूम लिया। "बस। सारा वक्त चूमने और लिपटने के सिवा कोई काम नहीं!" उमा ने तुनकते हुए कहा।

मगर वह उमा से परिचित था, जरूर ही अन्दर से उसे खुशी हुई होगी। औरतों की सबसे बड़ी कमजोरी प्यार है।

चाय की प्याली उसकी ओर बढ़ाते हुए उमा ने कहा, "बताया नहीं, इस वक्त कैसे?"

उत्तर में उसने फिर एक सस्ती हरकत की। उसकी ठुड्डी पकड़ अपनी ओर करते हुए उसने कहा, "जरा चाय तो पी लेने दो।"

चाय पीकर सिगरेट सुलगा वह आरामकुरसी पर पसर गया और सोचने लगा, क्या वह बिना किसी भूमिका के उमा को बता दे? फिर उसने सोचा, इसमें भूमिका का क्या है! उमा खुद वह भूमिका है। यदि उमा न होती, तो क्या वह यह कदम कभी उठा सकता था?

उसने अपनी आँखों में प्यार घोलते हुए कहा कि वह इस्तीफा दे आया है।

"क्या?" उसने देखा उमा के हाथों चाय की प्याली छलक पड़ी थी। उसने उमा को चौंका दिया था और तब उसे लगा, क्या उसने यह सब दरअसल उमा को महज चौंकाने के प्रयोजन से नहीं किया है।

उसने अपनें आपको इकट्ठा करते हुए अपना वाक्य दोहराया।

उसने देखा कि उमा का मुँह सूख गया था। वह उठकर उसके पास आ गयी और उसके हाथ पर हाथ रखती हुई बोली, "क्या सचमुच तुम काम छोड़ आये हो?" उसने देखा उमा का हाथ काँप रहा था और उसका हाथ इस एक क्षण में बिलकुल ठण्डा और निर्जीव हो गया था। एक क्षण में, उसे लगा, उसके और उमा के बीच एक दीवार खड़ी हो गयी है और दोनों पार्टीशन के दो तरफों से बोल रहे हैं। और यह दीवार अब कभी नहीं टूटेगी।

उमा की आँखों में भय और कातरता थी। इस भय से उसने अपनी निगाह हटा ली और अपना हाथ सरका सूखी हसी हँसता हुआ बोला,

"नहीं, मैं केवल मजाक कर रहा था।"

कह चुकने के बाद वह जैसे बिलकुल बिखर गया। मगर उसने देखा उमा उसकी ओर मुग्ध और आश्वस्त दृष्टि से देख रही थी। उसको कोई उत्साह नहीं हुआ। पास आकर जब उमा ने उसका मुँह अपने वक्ष में भर लिया तब भी उसे कुछ भी अनुभव नहीं हुआ।

फिर वह उठा, चुपचाप बाहर आया और सीधे दफ्तर की ओर गया। तेजी से अपने अफसर के कमरे में घुसा, उनसे अपना इस्तीफा वापस माँगा और फाड़कर टोकरी में फेंक दिया।

उसने देखा, उसका अफसर उसे हैरानी के साथ देख रहा था।

वहाँ से बाहर निकलकर वह हॉल में आया, अपनी मेज की ओर बढ़ा और अपनी कुरसी पर अपने को फेंक दिया।

[1960

उसका क्रॉस

खिड़की के शीशों पर एक बड़ा-सा पत्थर आकर पड़ा और शीशा टूटकर जमीन पर बिखर गया। वह हड़बड़ाकर उठा। तब तक दूसरा पत्थर। बिखरे बालों और अस्त-व्यस्त कपड़ों में वह भागा-भागा सीढ़ियाँ उतरता नीचे आया।

नीचे उतरकर जैसे ही वह दुकानों की लम्बी पटरी पर आया, एक सड़ा हुआ टमार्टर उसके चेहरे पर पड़ा। उसने जब तक टमाटर के बीज और रस अपनी कलाई से पोंछना चाहा तब तक उसके ललाट पर एक दूसरा टमाटर आकर पड़ा। चौंककर उसने एक कपड़ों की दुकान के अन्दर छिपने की कोशिश की। मगर फिर भी नाक पर एक सड़ा अण्डा टकराकर फट गया और पीला, बदबूदार पदार्थ उसके होंठों और ठुड्डी पर बहने लगा। और फिर उस पर सड़े अंडों और टमाटरों की बौछार होने लगी। अपने हाथ से अपना मुँह छिपाता हुआ, वह दुकान के अन्दर पिल पड़ा और कपड़ों के एक गट्ठर के पीछे जाकर छिप गया।

क्या बात है? दुकानदार और उसका सहकारी लपककर उसकी ओर आये। उन्होंने सोचा, वह जरूर किसी मुसीबत में है।

उन्होंने देखा वह बिलबिला रहा था। वह कहना चाह रहा था—पहले उन लोगों ने उसका शीशा तोड़ दिया और अब उसे सड़े अण्डों और टमाटर से पीट रहे हैं। मगर कोशिश के बाद भी उसके मुँह से कोई शब्द न निकल सका। फिर उसने बड़ी मुश्किल से हकलाते हुए कहा, अण्डे···टमाटर···।

उन दोनों ने उसे हैरानी के साथ देखा। फिर पूछा, कहाँ?

यहाँ, उसने एक बच्चे की तरह तुनककर अपने चेहरे की ओर इशारे करते हुए कहा।

मगर उसका चेहरा तो दुरुस्त था, सिवाय इसके कि उसकी दाढ़ी बढ़ी हुई थी और आँखें बासी और लाल थीं।

उन दोनों को समीप देख कुछ आश्वस्त हो उसने गट्ठर के पीछे से जैसे ही सिर उठाया, एक टमाटर उसके सिर से आकर टकराया। टमाटर इस बार इतना बड़ा था कि उसे लगा उसका सिर पिलपिला गया है। चट उसने दुबककर अपने को फिर छिपा लिया और पाया कि ढेर सारे टमाटर और अण्डे उसके आस-पास आकर गिर रहे हैं।

वहाँ···उसने सड़क की ओर उंगली से इशारा करते हुए कहा···वे सब।

उन दोनों ने आश्चर्य के साथ सड़क की ओर देखा। मगर वहाँ कुछ न था। भीड़ केवल गुजर रही थी। दुकानदार ने झल्लाकर कहा, मगर वहाँ तो कुछ भी नहीं। उसने खुली-खुली आँखों से उन दोनों को देखा। वह सोच नहीं पा रहा था कि वे यह समझ क्यों नहीं रहे हैं कि वे सब उसे टमाटर और अण्टों से पीट रहे हैं! हारकर उसने अपनी कमीज उघाड़ दी। वह उन्हें बताना चाह रहा था कि उस पर इतनी मार पड़ी है कि बदन जगह-जगह पिलपिला गया है।

इस बार उन दोनों ने एक-दूसरे की ओर देखा और फिर वापस अपनी-अपनी गद्दी पर बैठ गये।

उसे उन दोनों पर गुस्सा आ रहा था। अन्धे हैं! वह बुदबुदाया। और कुछ देर गट्ठर के पीछे दुबका पड़ा रहा। जब इस बीच एक भी टमाटर आकर नहीं गिरा तो वह उठा और फूँक-फूँककर कदम रखता दुकान के बाहर आया। बाहर आकर वह एक खम्भे के पीछे छिप गया और इधर-उधर नजर डाली। उसे भय था वे सब गलियों में छिपे हुए होंगे और जैसे ही वह सड़क पर आयेगा, उस पर हमला फिर शुरू कर देंगे।

पूरी तरह आश्वस्त होकर वह सड़क पर आया और भीड़ में घुस गया। वह जानता था, एक बार भीड़ में पैठ जाने के बाद कोई उसका कुछ नहीं बिगाड़ सकता। वह गरदन ऊँची कर तेज-तेज चलने लगा। अपने दोनों हाथ उसने अपनी पतलून की जेब में डाल लिए थे और फुर्ती से चला जा रहा था। वह काफी लम्बा था और भीड़ में शुतुरमुर्ग नजर

आता था।

भीड़-भीड़ और चौरस्ते होता जब वह घर से बहुत दूर निकल आया और कुछ भी नहीं हुआ तो उसे विश्वास हो गया कि अब कुछ भी नहीं होगा।

उसने अपने कन्धे पर हाथ रखकर देखा, वह पिलपिला गया था और बदन में और चेहरे पर कई जगह उसे मार के कारण दर्द हो रहा था। दर्द से अधिक उसे उन लोगों पर गुस्सा आ रहा था। आखिर क्या अधिकार है किसी को किसी शरीफ आदमी की खिड़की तोड़ देने और फिर इस तरह हमला कर देने का ? और वह भी ऐसा हमला! कायर ! बुजदिल !

मगर उसे सबसे अधिक गुस्सा उस दुकानदार और उसके सहकारी पर आ रहा था। हरामजादे ! खैर, जाने दो। मैं एक इज्जतदार आदमी हूँ। मुझे दूसरों को इस तरह गालियाँ नहीं देनी चाहिए। गालियाँ देकर होगा भी क्या।

शहर के लगभग उत्तरी छोर पर पहुँचकर वह रुक गया। वह थक गया था और उसे कुछ भूख भी लग आयी थी। उसने अपने पतलून की जेब में हाथ डाला और पाया कि वहाँ कुछ न था। एक बार घर जाना जरूरी था। मगर आस-पास उनके छिपे होने के ख्याल पर वह काँप गया और तेज-तेज पास के एक उजाड़ पार्क की ओर बढ़ गया। देखा, वहाँ कोई न था। क्यारियाँ तक उजड़ी हुई थीं। कुछ पुरानी और टूटी हुई बेंचें यहाँ-वहाँ पड़ी थीं। सामने एक छोटा-सा तालाब था, जिसका पानी गन्दा था और गन्दे पानी की बदबू आस-पास फैल रही थी। वह एक बेंच पर जाकर लेट गया और अपनी आँखें मूदने की कोशिश की। यह तय था कि उसे नींद नहीं ही आयेगी। मगर हो सकता है इस तरह ही कुछ राहत मिले। आँखें मूंदे-मूंदे उसने देखा, आसमान चक्कर काट रहा है और चक्कर काटता हुआ न जाने कहाँ चला जा रहा है। इस दृश्य पर उसे मजा आया और होठों ही होठों में वह मुस्कराने लगा।

सहसा उसने पास की झाड़ी में सुगबुगाहट सुनी और वह चौंककर उठ बैठा। मगर उसने पाया कुछ भी न था। फिर अकस्मात् उसकी

नजर सामने के इमली के पेड़ पर गयी और उसने देखा एक डाल पर बैठे हुए दो बूढ़े गिद्ध उसे घूर रहे हैं। उनकी नजर से वह कुछ सकपकाया। मगर फिर उसने अपने मन को समझाया, डरने की कोई बात नहीं। मगर जब उसने दोबारा आँखें खोलीं तो पाया वे अब भी उसे घूर रहे थे।

ऐसी कोई बात नहीं। यह मेरा वहम है। उसने अपने को सान्त्वना दी और अपनी आँखें फिर मूँद लीं। फिर कुछ समय बाद आँखें खोल उठा, एक कंकर उठाया और निशाना साधकर उन गिद्धों की ओर फेंक दिया। डाल पर कुछ फड़फड़ाहट हुई और वह खुश होकर फिर लेट गया।

वह अभी लेटा ही होगा कि उसने झाड़ी में शोर सुना और इस बार उसने देखा चार आदमी। उनके हाथों में मोटे-मोटे रस्से थे और वे उसकी ओर बढ़े आ रहे थे। उसने उठकर भागना चाहा। मगर उसने देखा, उसके पैर जमीन से चिपक गये थे और डर के मारे उसकी घिग्घी बंध गयी थी।

उसके पास आकर उन चारों ने उसे रस्से से बाँध दिया, उसे नंगा किया और फिर कहा, लगाओ साले के।

उसे तालाब के किनारे खड़ा कर दिया गया था, जहाँ से वह अपनी परछाईं उस मैले-बदबूदार पानी में देख सके और उन्होंने बेत भिगोकर उसकी पीठ पर लगाया—सपाक ! वह तकलीफ में उछल पड़ा।

फिर वह घिघियाने लगा···मुझे छोड़ दो। मुझे मत मारो। मगर वे भिगो-भिगोकर बेत लगाये जा रहे थे···सपाक···सपाक ! वह पीठ पर बेत उछलने की आवाज सुनता और उछल पड़ता और पिनपिनाता ···मैंने तुम्हारा क्या बिगाड़ा है ? सचमुच उसकी समझ में नहीं आ रहा था कि उसने उसका क्या बिगाड़ा है ? और इस तरह क्यों उसकी पिटाई हो रही है ?

पिटते हुए एक बार उसने पेड़ पर दृष्टि डाली तो पाया कि वे दोनों गिद्ध डाल पर उछल रहे थे। दर्द में या खुशी में ? वह सोच नहीं पाया।

आखिरकार बुरी तरह उधेड़कर उन्होंने उसे छोड़ दिया। तालाब

के किनारे वह कई मिनट तक बेदम पड़ा रहा। प्यास से उसकी जान जा रही थी। ढोर की तरह झुककर उसने तालाब का पानी पिया और कृतज्ञता की दृष्टि से उस जल को निहारा। फिर उसे ध्यान आया कि कहीं वे फिर उसी झाड़ी में छिपे हुए न हों और ऐसा न हो कि उसे जरा भी होश में आते देख उस पर झपट पड़ें।

वह किसी तरह उठा और लुढ़कता-लुढ़कता पार्क के बाहर आ गया।

बाहर आते ही उसने एक बार मुड़कर पार्क की ओर देखा और फिर बगट्ट भागा। कुछ दूर जाकर वह गिर पड़ा। आँखें खुलने पर उसने पाया कि कुछ लोग उसे सड़क के किनारे लिटाकर उस पर पंखा कर रहे हैं और उसके मुँह पर पानी छींटा जा रहा है।

उन सबका ख्याल था कि उसने कई दिनों से खाना नहीं खाया है और भूख के मारे बेदम होकर गिर पड़ा है। तब उसने उन्हें समझाने की कोशिश की कि बात ऐसी नहीं है। असल में वह पीटा गया है। मगर उसके मुँह से फिर कोई वाक्य ठीक-ठीक नहीं निकल सका। उसने पार्क की ओर इशारा करते हुए कहा, उन्होंने···उन्होंने। और फिर वह अपनी कमीज उघाड़कर उन्हें बताने लगा। उसने देखा कि तब भी वे उसकी बात नहीं समझ पाये। तब किसी तरह अपने को इकट्ठा करते हुए उसने बताया कि सुबह उस पर टमाटर और अण्डे बरसाये गये और इस वक्त उन्होंने उसे रस्से से बाँधकर पीटा है। वह अपनी आस्तीन खोलकर बताने लगा कि किस तरह उसकी कलाई मोटे-मोटे रस्सों से छिल गई और किस तरह उसका बदन उधेड़ दिया गया।

उसने देखा कि वे एक-दूसरे की ओर हैरानी से देख रहे थे। फिर धीरे-धीरे भीड़ छँट गयी। वह फिर अकेला हो गया था।

धूल से उठ अपने पैंट झाड़ उसने उन्हें जाते हुए देखा और उसकी मुट्ठियाँ भिंच गयीं। मतलबी ! अन्धे ! फिर वह निढाल हो गया। उसे लगा वह रो पड़ेगा। नहीं, इस तरह काम नहीं चलेगा। उसकी सुनवाई होनी ही चाहिए। वह पिटता जा रहा है और किसी को खबर भी नहीं, न फिक्र। इस तरह तो उसकी जान ही निकल जायेगी।

एक रास्ता है। और अपने ख्याल पर खुश होकर वह उछल पड़ा। उसे पहले ही यह क्यों नहीं सूझा ?

लम्बे-लम्बे डग भर कोतवाली पहुँच वह सीधे स्टेशन ऑफिसर के कमरे में घुस गया। स्टेशन ऑफिसर ने उसे बदहवास देख जब तक उससे कुछ पूछना चाहा तब तक उसने स्वयं ही विवरण आरम्भ कर दिया।

उसने बताया कि वह एक इज्जतदार और शरीफ आदमी है और सुबह से ही उसे पीटा जा रहा है, मगर कोई सुनवाई नहीं। पहले उन्होंने उसकी खिड़की का शीश तोड़ा, फिर उस पर टमाटर और अण्डों की बौछार की और अब जब वह पार्क में परेशान और जख्मी आराम कर रहा था तब उन्होंने उसे रस्सों से बाँधकर पीटा।

स्टेशन ऑफिसर ने उसे ध्यान से देखा, फिर अपनी कलम घुमाता हुआ बोला, आपके पास कोई गवाह है ?

गवाह ? वह चौंक गया। उसे ख्याल आया कि उन सबने उसकी मार से अपनी नजर चुरा ली थी और सब इस तह अपने-अपने काम पर चल गये थे जैसे कुछ हुआ ही नहीं। मतलबी ! वह झल्लाया।

उसे चुप देख, स्टेशन ऑफिसर ने पूछा, आपके पास कोई सबूत है कि आपको पीटा गया है ?

सबूत ! उसे लगा वह बिफर पड़गा। उसे इस बेरहमी से पीटा गया है और यह आदमी उससे उसके पिटने का सबूत माँग रहा है !

आप समझना क्यों नहीं चाहते? उसने तमतमाते हुए स्टेशन ऑफिसर से कहा। उन्होंने मुझे जगह-जगह पीटा है और तन-बदन की हड्डियाँ पिलपिला गयी हैं। मैं जानता हूँ इस समय भी वे जरूर कहीं छिपे हुए होंगे। और जैसे ही मैं अकेला हुआ यह तय है कि वे मुझ पर जरूर हमला करेंगे।

स्टेशन ऑफिसर ने इस बार उसे सिर से पैर तक देखा। फिर मुस-कराया और बोला, अच्छा, चलिए।

कहाँ ? वह भय से सिहर गया। कहीं उसे उनके पास तो नहीं ले जाया जा रहा है !

मेडिकल एग्जामिनेशन। स्टेशन ऑफिसर ने कहा।

मेडिकल एग्जामिनेशन के नाम से उसे खुशी हुई। अभी पाँच मिनट में सच का सच और झूठ का झूठ सामने आ जाता है।

कुछ न हो, कम से कम उसका अपमान और उसकी पिटाई सरकारी रजिस्टर में दर्ज तो हो जायेगी।

सरकारी अस्पताल में ले आया जाकर वह डॉक्टर के कमरे में ले जाया गया जहाँ डॉक्टर ने उसे पूरा नंगा कर दिया। जब वह अपने अंग-अंग को छू-छूकर एक बच्चे की तरह डॉक्टर को दिखाने लगा, यहाँ··· यहाँ, तब डॉक्टर ने होंठों पर उँगली रखकर उससे कहा, चुप···चुप। वह बिलकुल चुप हो गया।

थोड़ी देर बाद डॉक्टर ने उसके कन्धे थपथपाते हुए कहा, उठ खड़े होओ।

वह उठ खड़ा हुआ और उसने व्यंग्य-भरी दृष्टिसे स्टेशन ऑफिसर को देखा मानो वह कहना चाहता था; देख लिया !

तभी साबुन से हाथ धोते हुए डॉक्टर ने स्टेशन ऑफिसर से कहा, शरीर पर चोट के कहीं निशान नहीं।

झूठ ! मक्कार ! अन्धे ! वह चीख पड़ा और बिलबिलाता और बिसूरता हुआ अस्पताल के बाहर आया।

अब तक वह अपने पिटने की बात भूल चुका था। इस समय उसे रह-रहकर उस डॉक्टर और स्टेशन ऑफिसर पर क्रोध आ रहा था और अपनी असहायता पर क्षोभ हो रहा था। उसकी समझ में नहीं आ रहा था कि वह रोये या हँसे ?

वह यह सोचता हुआ चला ही जा रहा था कि एक टमाटर आकर उसके सिर पर फूटा। उसने चौंककर जब जमीन पर पड़े उस टमाटर को देखा, तो उसे लगा वह टमाटर उसकी ओर देख व्यंग्य से मुसकरा रहा है।

फिर शुरू हुआ। भय से अभिभूत होकर उसने भागने की कोशिश की। मगर तब तक उस पर फिर सड़े अण्डों और टमाटरों की बौछार होने लगी।

उसकी समझ में नहीं आ रहा था कि वह किस दिशा में भागे।

उन्होंने चारों ओर से उसे घेर लिया था और उस पर चौतरफा बौछार हो रही थी।

घबराकर उसने चिल्लाना शुरू किया…बचाओ ! मगर उसने देखा कि कोई भी उसकी पुकार नहीं सुन रहा था। अब लोग बिना उस पर ध्यान दिये अपने रास्ते आ-जा रहे थे।

और उसकी पीठ पर, कूल्हों पर, सिर पर, बाँह पर अण्डों और टमाटरों की वर्षा हो रही थी। उसे लगा अभी क्षण-भर में वह गिरकर ढेर हो जायेगा।

उसने भागना शुरू किया और भीड़ में घुस गया। मगर इस बार भीड़ में भी उन्होंने उसे नहीं छोड़ा।

उसे कोई रास्ता नहीं सूझा तो वह भागता हुआ फुटपाथ पर चलते एक व्यक्ति के पैरों से एक बच्चे की तरह लिपट गया।

उस आदमी ने उसे उठाया और कहा, क्या बात ? उसने उस आदमी को आँखों से देखा जो बिलकुल तटस्थ और निर्विकार थीं। हताश होता हुआ वह बोला, कोई बात नहीं।

उससे अलग होते ही उस पर फिर बौछार शुरू हुई और वह अपनी जगह पर खड़ा दर्द से उछलने लगा।

पिटते हुए एक बार उसने आकाश की ओर देखा और बुदबुदाया, दया करो। मगर उसे लगा, सबसे ज्यादा अण्डों और टमाटरों की बौछार तो आकाश से हो रही है। हारकर वह फिर भागने लगा। उसने अपनी आँखें बन्द कर ली थीं और मनमाना दौड़े जा रहा था और अंग-प्रत्यंग में मार का अनुभव कर रहा था।

[1960

परिणय

दीवार पर मढ़े घड़ियाल में पाँच पर पाँच हो चुके थे। मगर उसे कोई जल्दी न थी। दफ्तर लगभग खाली हो चुका था। केवल वह अपनी चीजें उलट-पुलट रहा था। मल्टी-स्टोरी बिल्डिंग की पाँचवीं मंजिल की खिड़की से वह देख रहा था। नीचे चौसर बिछा हुआ था। इधर-उधर दौड़ती बसें और स्त्री-पुरुषों के कई लम्बे क्यू, जिनमें से एक मुड़कर एल' का आकार बना रही थी।

वह अपनी मेज की चीजें ड्रॉअर में रख रहा था। कुछ गोपनीय फाइलें, एक डे-डायरी और कुछ आवश्यक कागजात। रोज का क्रम था। दफ्तर से निकलते-निकलते साढ़े पाँच बज जाते। कभी-कभी छह भी। एक दिन ऑफिस के सबसे बूढ़े फ़र्राश ने उससे पूछा था : साहब आज-कल आप रोज देर से घर जाते हैं ! उसके साथी भी कई दिनों से अनुभव कर रहे थे कि आज-कल सन्तोष ऑफिस में जान-बूझकर देर कर देता है। पर किसी ने कहा कुछ भी नहीं था।

एक समय था जब धीरे-धीरे खिसकने वाली घड़ी की सुई उसे अपना सबसे बड़ा दुश्मन प्रतीत होती थी। सुई की एक-एक परिक्रमा में वह मानो पृथ्वी की सम्पूर्ण परिक्रमा कर लेता। कभी चाय और कभी लंच के बाद ही वह दफ्तर से चला आता। मगर अब घड़ियाँ उसे एक मूर्ख आदमी का चेहरा नजर आतीं, जिन पर से समय बिना छाप छोड़े इतनी तेजी से चला जाता है कि कुछ भी समझ नहीं आता।

वह उस ठोस-ठस इमारत की गोल-गोल चक्करदार सीढ़ियाँ उतरता हुआ थकान अनुभव कर रहा था, जैसे उतरने की इच्छा ही मर गयी हो। उतरना और उतरते ही जाना ! क्या इन सीढ़ियों का अन्त कभी

न होगा ? उसे लगा वह अपने जीवन के उतार पर है।

आदमी कैसे बूढ़ा होता चलता है ! जब ऊर्मि नहीं आयी थी तब भी एक दिन उसने अनुभव किया था कि वह अब बूढ़ा हो चला है। एक बिलकुल अपरिचित अकेलेपन का अनुभव हुआ था उसे उस दिन। उसने निर्णय किया था वह अखबार में विवाह का विज्ञापन दे देगा। इस बीच जैसे एक समूचा युग बीत गया।

बाहर शाम हो रही थी। नौ, पन्द्रह, छह कितने ही नम्बर की बसें थीं जिनके लिए लम्बी-लम्बी कतारें लगी हुई थीं। फोर-सीटर और स्कूटर। हवा में थके और ऊबे हुए लोगों की गन्ध थी। वह पार्लियामेण्ट के समीप से गुजरता हुआ क्वीन मेरीज ऐवेन्यू की ओर बढ़ गया।

उसने ऊर्मि से छह कहा था। ऊर्मि ने पिछले सप्ताह पूछा था, आजकल तुम मुझे रोज देर से बुलाते हो। मुझसे ऊब गये हो न ? वह झूठ बोला था। ऑफिस में काम बहुत है। देर तक बैठना होता है। वह जानता था ऊर्मि उसके झूठ को भाँपती है, मगर अब झूठ रोजमर्रा की चीज बनकर उसके जीवन में बस गया था। उसे कोई क्लेश नहीं होता था। ऊर्मि ने उसकी आँखों में झाँककर पूछना चाहा था, सच कह रहे हो ? उत्तर में भावहीन आँखों से वह उसे देखता-भर रह गया था।

गोल मार्केट के चौराहे पर कल और परसों की तरह आज भी अपनी मोटर साइकिल लिये सतीश उसे मिल गया। कभी वह उसका सहपाठी रहा था। लिफ्ट ? नहीं, धन्यवाद। उसने छोटे-से उत्तर में उसे टालना चाहा। उसे लगा, यह सतीश जान-बूझकर उसे रोज यहाँ मिल जाता है। उसने वितृष्णा से उसकी ओर देखा और आगे बढ़ गया। उसने तय कर लिया कि कल से वह इस रास्ते से नहीं आयेगा और अगर आयेगा तो बिना उसकी ओर देखे बढ़ जायेगा।

घड़ी देखी। छह बज चुके थे। उसने सोचा, ऊर्मि अवश्य वहाँ पहुँच गयी होगी और एक झुँझलाहट-भरी प्रतीक्षा कर रही होगी। उसके पहुँचते ही वह उस पर झुँझलायेगी। मगर यदि वह पाँच बजे ही वहाँ पहुँच जाता तब भी क्या वह उस पर नहीं झल्लाती ? वह सोच रहा था, आज वह ऊर्मि को कौन-सा स्पष्टीकरण देगा ?

लायब्रेरी की ठण्डी और निर्जीव सीढ़ियाँ चढ़ते हुए उसने अनुभव किया वह सचमुच ही थक गया है और एक थकान से निकलकर दूसरी थकान की ओर जा रहा है।

शेल्फ के करीब खड़ी ऊर्मि पुस्तक के पन्ने पलट रही थी। उसने सोचा पहले वह मॉफी माँगेगा, फिर उससे कॉफी पीने का प्रस्ताव करेगा। लॉयब्रेरी का लम्बा-सा हॉल तय कर ऊर्मि की ओर जाते हुए उसने अकस्मात् अनुभव किया, वह वर्षों से उसकी ओर चल रहा है मगर कभी उसके समीप नहीं पहुँच सका है।

वास्तव में ऊर्मि उसकी ओर देख रही थी। उसने पुस्तक शेल्फ पर रख दी, पर्स उठाया और उससे चुप जाने को हुई। वह जानता था। वह कहना चाहता था मुझे देर हुई। वह उससे माफी माँगना चाहता था। मगर वह चल दी थी। स्वभाव और मन की सारी झुँझलाहट जैसे उसके कमजोर और दुर्बल शरीर में तिलमिला रही थी और वह तेज-तेज चल रही थी।

तुम्हें मजा आता है न ? तुम मुझसे अपनी प्रतीक्षा करवाना चाहते हो ? बाहर आते हुए उसने कहा।

वह कहना चाहता था वह उसने कतई अपनी प्रतीक्षा नहीं कराना चाहता था। वह उसे ठीक-ठीक समझने का प्रयत्न क्यों नहीं करती ? एक दिन उसने कहा था, ऊर्मि, अच्छा हो हम लोग कम से कम समय के लिए मिला करें। ऊर्मि ने तरेरकर उसे देखा था। उस समय भी वह उसे नहीं समझ सकी थी।

आखिर तुम चाहते क्या हो ? ऊर्मि ने मानो उसके मौन से और भी आहत होकर कहा।

तुम चाहते हो मैं तुम्हारे लिए घण्टे-घण्टे प्रतीक्षा करूँ ! दुनिया को मालूम हो एक लड़की तुम्हारे लिए प्रतीक्षा करती है !

शर्म नहीं आती तुम्हें ? सीढ़ियाँ उतरते हुए रेलिंग पकड़कर उसने कहा। वह क्या कहे ? उसने तय कर लिया था वह उत्तेजित नहीं होगा। चुप रहेगा।

बोलते क्यों नहीं ? ऊर्मि ने शायद निश्चय कर लिया था।

क्या कहूँ ?

तुम्हें शर्म नहीं आती ?

उसने अनुभव किया रेलिंग पर उसका हाथ काँप रहा है और उसकी जीभ उससे विद्रोह कर रही है। रेलिंग से अपना हाथ उसने छुड़ा लिया और चुपचाप सीढ़ियाँ उतरने लगा।

क्या यह सिलसिला कभी समाप्त न होगा ? वह चाहता था ऊर्मि ने उसकी बात सुनी भी हो और न भी सुनी हो।

क्या मतलब ? उसने देखा ऊर्मि बिफरने को थी। जब ऊर्मि गुस्से में आती, पहले से अधिक कमजोर और दुबली नजर आती और ऐसे समय में मन जाने क्यों उसका गुस्सा ठण्डा पड़ जाता और ऊर्मि के प्रति एक अगाध करुणा उसमें उमड़ने लगती थी। कभी-कभी वह सोचा करता था कि प्यार और करुणा में शायद विशेष अन्तर नहीं होता। वह पिछले कई महीनों से देख रहा था कि ऊर्मि दिनोंदिन कमजोर होती जा रही थी। एक दिन उसने कहा भी था। ऊर्मि ने उस दिन हँसकर कहा था, इसके लिए तुम जिम्मेदार हो। हँसी-हँसी में उसने कैसी बात कह दी थी ! वह कई दिनों तक सोचता रहा था और उसे लगा था ऊर्मि की बात में सचाई है। ऊर्मि का मुँह निकल आया था और काया पहले से अधिक दुबली हो गयी थी। वह अपने विषय में सोच रहा था। क्या वह स्वयं अपने को कमजोर और शिथिल अनुभव नहीं करने लगा है ?

उसने ऊर्मि की बाँह अपनी बाँह में ले ली और बोला, कुछ नहीं। मैं सीढ़ियों की बात कर रहा था।

उसने देखा ऊर्मि ने अपनी बाँह झटककर छुड़ा ली थी और वे दोनों बाहर आ गये थे।

वह उसे एक अच्छे-से रेस्तराँ में ले जाना चाहता था। वह जानता था कॉफी पीकर ऊर्मि का गुस्सा हलका होने लगता है और कॉफी के अन्तिम घूंट तक वह बिलकुल नॉर्मल हो जाती है। ऐसे अवसरों पर वह ऊर्मि से कहना चाहता था, कॉफी में जरूर जहर है जो तुम्हारे अन्दर के जहर को मार डालता है।

कहाँ चलना है ? ऊर्मि के प्रश्न से वह चौंक गया था। वे दोनों

कनॉट प्लेस के गोल चक्कर में चल रहे थे और उसकी इच्छा हो रही थी कि वह इस भीड़ में चलता रहे ताकि कभी अपने को टटोलने और टोहने का अवकाश ही उसे न मिले। अकेलापन उसे एक अँधेरे नगर की तरह लगता था जिससे निकलने का कोई रास्ता उसे नजर न आता। कनॉट प्लेस में कितनी रोशनी थी जो इस समय उसे वास्तविक प्रतीत हो रही थी।

दिसम्बर की सर्दियों में सुगबुगाती हुई भीड़ को चीरते हुए उसने कहा, कहीं भी। वे दोनों एक समीप के रेस्तराँ में घुस गये और उसने हल्के से ऊर्मि का हाथ दबा दिया और अनुभव किया कि उसकी हरकत न केवल कृत्रिम थी, बल्कि घटिया भी।

बैरा, जो उन दोनों को पहचानता था, कॉफी लाने चला गया था और वे दोनों शान्त-शान्त बैठे थे। उसे इस प्रकार की शान्ति बड़ी अजीब और आपद्धर्मी जान पड़ती थी। ऐसे अवसर पर वह अनुभव करता था वे दोनों एक-दूसरे से कोसों दूर चले गये हैं और अगर जरा भी जोर पड़ा तो यह खिचाव टूट जायेगा और वे हमेशा के लिए पृथक हो जायेंगे। तब उसकी इच्छा होती कि वह व्हिसलिंग कर या गाना गाकर या कोई भोंड़ा-सा मजाक कर इस मौन को तोड़ दे। मगर वह जानता था, ऊर्मि को वह निहायत मामूली प्रतीत होगा और वह सहन नहीं करेगी।

उसने कहा, चीनी कितनी ? उसे मालूम था ऊर्मि केवल डेढ़ चम्मच लेती है। ऊर्मि ने कोई उत्तर नहीं दिया। उसने प्याली ऊर्मि की ओर खिसका दी। उसने देखा ऊर्मि आत्मस्थ हो रही थी जैसे दिन-भर के तनाव के बाद शाम के समय का आकाश आत्मस्थ होने लगता है। उसके चेहरे की रेखाएँ ढीली पड़ने लगी थीं और केशों का चरित्र उभरने लगा था। वह ऊर्मि को देख रहा था और सहसा ही उसे लगा, यह वह ऊर्मि नहीं जिसे वह प्यार करता है। ऊर्मि अपने सन्तुलन में उसे कितनी अजनबी लग रही थी। उसे महीनों पहले की एक घटना याद आ रही थी। वे दोनों इसी जगह बैठे हुए थे। वह सामने बैठे एक दम्पति को देख रहा था जो अपनी-अपनी जगहों पर सन्तुष्ट बैठे हुए थे। वह बड़ी देर तक उन्हें देखता रहा था।

क्या देख रहे हो ? ऊर्मि के प्रश्न ने उसे चौंका दिया था।

वह मुसकराया। मैं देख रहा हूँ कि मूर्ख आदमी कितने सुखी और सन्तुष्ट होते हैं।

बस। अपने सिवा सबको मूर्ख समझना। वह जानता था ऊर्मि उसके इस प्रकार के रिमार्क्स और विट को ऐडमायर करती थी। तुमने गौर किया है ऊर्मि, मूर्ख आदमी का चेहरा मक्खन के लौंदे की तरह होता है और मूर्ख स्त्री का एक बर्थ-डे केक की तरह। वह अपने फार्म में आ गया था और अपना सारा कौशल बघार रहा था। कभी ऊर्मि ने उससे कहा था, मुझे तुम्हारी यही बातें पसन्द हैं। उसने हँसकर जवाब दिया था, बैड टेस्ट। लेकिन उस दिन ऊर्मि के इसी बैड टेस्ट ने उसे कितना मनोबल दिया था। सच कहना तुम अपने सिवा सबको मूर्ख समझते हो न ? ऊर्मि ने उससे पूछा था।

तुम्हारे सिवा सबको।

चापलूस कहीं के ! उसने देखा था ऊर्मि की आँखों में सुख छलछला आया था, वह मुग्ध होकर उसे देख रही थी। सहसा उसने महसूस किया था ऊर्मि का चेहरा बदल रहा है और तनाव वापस आ रहा है, जैसे वह फिर अपनी दुनिया में वापस आ रही हो।

क्या बिना सिप-सिप किये कॉफी नहीं पी जा सकती ? कितनी बार कहना होगा ? ऊर्मि को उसकी कुछ आदतें नापसन्द थीं, बल्कि उनसे रिपल्शन था : मसलन खाना खाते समय या कॉफी पीते समय आवाज करना, दाँत से नाखून काटना और जोर से बोलना। वह अपने दोस्तों से कहा करता था, स्त्री इमेज-माइण्डेड होती है। वह अपने प्रेमी तो अपनी इमेज में ढालना चाहती है।

और फिर वह उठ खड़ी हुई थी और बिलकुल तमतमा गई थी। उसे लगा था, यदि उसने कुछ भी प्रतिरोध किया तो वह कॉफी का प्याला तोड़ देगी और वह सीन क्रिएट नहीं करना चाहता था। उस दिन वह सोचता रहा था, उन दोनों के बीच एक कालान्तर है, जो एक क्षण में उन्हें एक-दूसरे से शताब्दियों दूर फेंक देता है और उन दोनों की आवाज जैसे शताब्दियों को चीरकर आती है : क्षीण और बिखरी हुई।

ऊर्मि ने कॉफी पी ली थी और अपने छोटे-से रूमाल से अपना छोटा-सा मुँह पोंछ रही थी। उसने अनुभव किया यदि इस क्षण उसने कुछ नहीं कहा तो फिर कभी नहीं कह सकेगा और हमेशा यह मौन उन दोनों के बीच एक परदे की तरह झूलता रहेगा। उसने पूरी ताकत के साथ चाहा कि वह कुछ कहे। एक बार ऊर्मि की ओर देखा और अनुभव किया वह अपने मौन से बहुत छोटा है और बिलकुल असहाय है। वह सचमुच ही बिलकुल अकेला है और ऊर्मि भी नहीं है। दोनों के बीच असल में कुछ भी नहीं है।

उसने बिल अदा किया और वे दोनों बाहर आ गये। तीखी हवा गालों को छूकर चली जाती थी। उसने देखा ऊर्मि ने अपने हाथ अपने कोट की जेब में डाल लिये थे।

ऊर्मि उससे कह रही थी, मैं चाहती हूँ आज आखिरी बार हम लोग फैसला कर लें।

फैसला ? वह सोच रहा था, ऊर्मि ने जितनी आसानी के साथ यह बात कही है, क्या उतना ही आसान है निर्णय लेना ?

जवाब क्यों नहीं देते ? ऊर्मि ने उसके मौन से कुढ़कर कहा। वह क्या उत्तर दे ? क्या वह निर्णय लेने के लिए स्वतन्त्र है ? क्या इतने दिनों वह निर्णय को स्थगित नहीं करता आया है ?

मैं अब जाऊँगी और भविष्य में मिलना नहीं हो सकेगा। ऊर्मि ने उसके मौन पर एकतरफा डिक्री देते हुए कहा। मैं अनुभव करती हूँ हम दोनों नहीं रह सकते। हममें से एक-एक रह सकता है।

वह ऊर्मि का एक-एक शब्द सुन रहा था। वह जाने को थी। वह जानता था एक बार वह गई तो वह उसे नहीं रोक सकेगा। मगर यदि उसने रोकने की कोशिश की तब भी वह जायेगी।

क्या तुम मुझे आध घण्टे का समय भी नहीं दे सकतीं ? उसने मानो हारते हुए कहा।

नहीं। ऊर्मि के पैर धरती पर मजबूती के साथ पड़ रहे थे।

उसने अचानक ही ऊर्मि की बाँह पकड़ ली और कहा, तुम सचमुच ही चली जाओगी ?

हाँ। उसकी पकड़ ढीली पड़ गई थी और उसे लगा उसने ऊर्मि को खो दिया है। मगर वह उसे नहीं खो सकता। उसने अपने मन में कष्ट का अनुभव किया और उसे लगा असल में वह उसे खोना ही चाहता था। उसने ऊर्मि की बाँह अपनी बाँह में बाँध ली और कहा, तुम्हें आज आखिरी बार समय देना ही होगा।

तुम मुझे मेरी इच्छा के विरुद्ध जहाँ चाहो ले जा सकते हो।

वे दोनों बाराखम्भा रोड पर चल रहे थे। वह चुप था और वह भी बिलकुल चुप थी और उन दोनों के बीच एक दूरी थी। एक ही सड़क पर चलते हुए दोनों मानो सड़क के दो किनारों पर चल रहे थे। सामने से आती हुई कार की रोशनी में उसका मुँह चमचमा गया और उसने देखा ऊर्मि का भी। वे दोनों फिर अँधेरे में थे।

एक दिन ऐसे ही अँधेरे में गुजरते हुए उसने ऊर्मि को चूम लिया था और कहा था, अँधेरे में कोई किसी की शर्म नहीं देखता। अँधेरा अगर न होता तो क्या होता ?

तब लोग तुम्हारी तरह बेशर्म होते। ऊर्मि ने परिहास में कहा था।

सन्तोष ने अपने शरीर में कुछ उष्णता का अनुभव किया और उसे लगा, उसके शरीर में ही नहीं मन में भी कुछ उष्णता उपज आयी है। वह ऊर्मि के समीप आ गया और उसकी इच्छा हुई वह उससे सटकर चले। उसके कोट की उष्णता में जैसे एक क्षणिक और हलके सुख का अनुभव करते हुए उसने कहा, ऊर्मि ! क्या हम लोग अपना जीवन नये सिरे से आरम्भ नहीं कर सकते ?

नहीं। ऊर्मि आगे की ओर देख रही थी। पीछे तो दूर कनाट प्लेस का चौराहा था और 'स्टॉप' और 'गो' की लाल-हरी बत्तियाँ थीं जो सवारियाँ न होने के बावजूद जल-बुझ रही थीं।

वह एक बार फिर अपने चुप में लौट आया। यह चुप ही शायद उसकी सीमा है। बार-बार वह इसका अतिक्रमण कर लौट आता है। सड़क के किनारे के पेड़ इस समय भारी प्रतीत हो रहे थे। उनकी छायाएँ भी भारी होकर बैठ गयी थीं।

ऊर्मि···! उसने कातर होते हुए कहा और पहली बार अनुभव किया कि ऊर्मि बहुत कठोर है।

इस तरह चलते रहने का क्या कोई अर्थ है! ऊर्मि ने मानो अपने-आपसे प्रश्न किया। रात बहुत हो चुकी है। अब मैं जाऊँगी।

उसके पास कोई उत्तर न था।

मैं कहती हूँ मैं अब जाऊँगी।

जाओ। उसे लगा वह अब चीख पड़ेगा और ऊर्मि से सचमुच चले जाने को कहेगा। वह जाये। हमेशा के लिए चली जाये। वह खुद चला जायेगा। वह साफ-साफ क्यों नहीं कह देता कि वह अब स्वयं उसके साथ नहीं रह सकता? वह उससे घृणा करता है। वह उसे बिलकुल नापसन्द करता है। वह उसे बिल्कुल ही सह्य नहीं।

उसने देखा, ऊर्मि सामने से आती टैक्सी को हाथ दे रही थी। वह जाये। वह चली जाये। वह उसे नहीं रोकेगा। वह अपने पैरों को मिट्टी में रोप रहा था।

टैक्सी रुक गयी थी और टैक्सी-ड्राइवर मीटर जारी कर रहा था।

ऊर्मि टैक्सी की ओर बढ़ चुकी थी। और वह अपनी जगह खड़ा था। शायद वह एक युग से इस टैक्सी की प्रतीक्षा कर रहा था। सहसा उसने अनुभव किया वह जिस जगह खड़ा हुआ है, वह उसके पैरों के नीचे से निकल चुकी है और अब वह कहीं नहीं है। उसने चाहा कि वह एक बार टैक्सी को आवाज दे और ऊर्मि से कहे, रुक जाओ। मगर टैक्सी चल चुकी थी।

वह उस क्षण से कई हजार साल पीछे खड़ा था और उसकी आँखें धुँधला रही थीं। उसने अपना चश्मा उतार लिया और रूमाल से साफ करने लगा। शायद रात की धुँधली थी।

उसका समूचा व्यक्तित्व डबडबाया हुआ था और उसे लग रहा था रात उसके बिलकुल करीब ही उतर आयी है।

उसने देखा टैक्सी चौराहे के समीप जाकर रुक गयी थी। सिगनल की प्रतीक्षा कर रही थी। उसकी इच्छा हुई वह दौड़ जाये और ऊर्मि को न जाने दे। लेकिन समय उससे एक फलांग आगे गुजर चुका था। वह एक

अपराधी की तरह खड़ा या।

उसने नजर उठाई तो देखा टैक्सी चौराहे से मुड़कर उसकी ओर वापस आ रही थी।

इस तरह तमाशा करने से क्या लाभ ? ऊर्मि ने टैक्सी रुकवाकर उससे कहा। मैं तुम्हें घर छोड़ती जाऊँगी। उसकी इच्छा हुई वह कहे, इस कृपा के लिए धन्यवाद। मगर वह टैक्सी पर बैठ चुका था।

ऊर्मि उससे दूर बैठी हुई थी। सन्तोष निढाल अनुभव कर रहा था। उसने अपना बायाँ गाल कार-विण्डो के शीशों से चिपका लिया था। कोई बहुत ठंडा चुम्बन उसके गाल पर रखा हुआ था।

ड्राइवर के समीप आईने में उसका चेहरा नजर आ रहा था। एक बहुत पुराना चेहरा। बैठे हुए सन्नाटे में ओस-भीगती सड़कें छूट रही थीं और उसे बहुत पुरानी-पुरानी चीजें याद आ रही थीं। जैसे रेल पर बैठे यात्री को अपना छूटा हुआ शहर याद आता है, वैसे उसे ऊर्मि की एक-एक बात याद आ रही थी।

टैक्सी जब चौराहे पर एक झटके के साथ मुड़ी तो उसके ख्यालों का सिलसिला टूटा और उसने पाया उसकी आँखें छलछला आयी थीं। सर्दी बहुत है। उसने अपने-आपसे कहा और वाक्य जैसे हवा में काँपकर खो गया। पिछले साल इन्हीं दिनों ऊर्मि ने उससे कहा था, तुम अपने गले के गिर्द मफलर क्यों नहीं लपेटते ? क्या इतनी तेज सर्दी के लिए टाई काफी होती है ? ऊर्मि को उसकी कितनी परवाह थी ! उसने हँसते हुए कहा था, मफलर से मुझे नफरत है, क्योंकि अगर मफलर अच्छा हो तो टाई दब जाती है और अगर टाई बढ़िया हो तो मफलर बेहूदा जान पड़ता है। जैसे अगर स्त्री सुन्दर हो तो पुरुष दब जाता है और अगर पुरुष सुन्दर हो तो स्त्री अर्थहीन जान पड़ती है। स्त्री भी तो आदमी के गले का मफलर है। मौका पड़ने पर उससे फाँसी भी लगायी जा सकती है। ऊर्मि उसकी बात पर मुग्ध होती हुई मुसकरायी थी और बड़ी देर तक उसे कनखियों से देखती रही थी।

रोहतक रोड ले लीजिए। ऊर्मि ड्राइवर से कह रही थी। मगर सन्तोष को कुछ भी सुनाई नहीं पड़ रहा था। सर्द हवा में उसके कान

सुन्न पड़ गये थे।

ऊर्मि को मैंने कितना सताया है। उसने देखा, ऊर्मि सचमुच बहुत दुखी है। ऊर्मि ने उसे कितना कुछ दिया है। उसके आने के पहले वह नहीं था, मगर आने के बाद वह था। जिस पुरुष के जीवन में स्त्री नहीं आती, वह कभी नहीं जान पाता कि वह क्या है। सुबह के उजाले में जैसे पहाड़ और नगर उभरने लगते हैं, वैसे ही प्रेम में आदमी का व्यक्तित्व आकार लेने लगता है।

वह ऊर्मि के पास खिसक आया था। उसने ऊर्मि का हाथ अपने उष्ण हाथों में दबाते हुए हौले से कहा, ऊर्मि !

क्या है ? ऊर्मि ने तीव्र स्वर में उत्तर दिया और वह जैसे एक बहुत ऊँची जगह से अचानक नीचे गिर पड़ा। प्रेम में गिरकर आदमी कितना छोटा हो जाता है !

टैक्सी ठीक उसके घर के करीब थी और ऊर्मि हाथ के इशारे से ड्राइवर को रोकने का इशारा दे रही थी। टैक्सी एक झटके के साथ रुकी और एक दीर्घ स्वप्न एक चोट खाकर टूट गया।

टैक्सी रुक गयी थी। मगर वह नीचे नहीं उतर रहा था, जैसे उसके पाँवों को लकवा मार गया हो। उसने देखा, ड्राइवर आदेश की प्रतीक्षा कर रहा था। उसने अपने-आपको इकट्ठा किया और बुदबुदाने लगा, क्या तुम थोड़ी देर के लिए भी मेरे संग नहीं हो सकतीं ? आखिरी बार ? प्लीज ! आखिरी बार ऊर्मि ! मुझे तुमसे बहुत-सी बातें कहनी हैं ऊर्मि ! वह एक कमजोर पत्ते की तरह न जाने किस शून्य में काँप रहा था और उसके अस्फुट शब्दों का कोई अर्थ था भी या नहीं ! वह इतना कमजोर क्यों है ? शायद ऊर्मि भी उससे यही कहना चाहती थी।

मैं तुम्हारी उस गन्दी कोठरी में नहीं जाऊँगी। उसने पहली बार ऊर्मि के मुँह से अपने कमरे के लिए गन्दी कोठरी सुना था।

प्लीज ! मुझे तुमसे आज सचमुच बहुत-सी बातें कहनी हैं। वह स्वेटर पर कोट पहने हुए था, फिर भी वह सचमुच ही काँप रहा था और सर्द हवा बार-बार उसकी आँखों को छूकर न जाने कैसा कर रही थी।

ऊर्मि ने उसकी आँखों में आँखें डाल ली थीं। वह जानना चाहती थी कि कहीं वह उससे छल तो नहीं कर रहा है। इस शर्त पर कि तुम फैसला करोगे !

करूँगा। उसने तत्काल उत्तर दिया—वह एक क्षण की खुशी के लिए अपना सारा जीवन दाँव पर लगा सकता है। वह इस क्षण को जाने नहीं देगा।

कमरा खोलकर उसने स्विच ऑन किया और कमरा जाग उठा। उसे लगा वह बहुत दिनों के बाद यहाँ आया है और जैसे वर्षों से यह जगह उसकी प्रतीक्षा कर रही थी। ऊर्मि के आने के पूर्व यह कमरा कितना बेतरतीब और कुचैला रहा करता था। मगर अब सारी चीजें व्यवस्थित थीं, जैसे खुद उसके जीवन में एक व्यवस्था आ चुकी थी। वह जब भी घर लौटता, कमरे में अगरबत्ती जरूर जला दिया करता था। ऊर्मि को उसकी गन्ध बहुत प्रिय थी। आज भी उसने अगरबत्ती सुलगायी। बाथरूम गया और तौलिये से मुँह पोंछते हुए बुदबुदाया, जीवन किसी भी क्षण और किसी भी समय नये सिरे से शुरू किया जा सकता है। बल्कि हर क्षण उसे नये सिरे से शुरू करना चाहिए। ऊर्मि और उसके बीच अगर यह सब है तो इसका कारण वह खुद है। उसने जिन्दगी जहाँ से शुरू की थी वह आज भी वहीं है।

ऊर्मि मेज पर अपना पर्स फेंक बेत की कुरसी पर बैठी हुई थी। साधारणतया वह आती तो रेडियो का स्विच ऑन कर देती और तब तक सुई यहाँ-वहाँ फिराती जब तक उसे कोई मनपसन्द कार्यक्रम न मिल जाता। ऊर्मि चुनने में विश्वास करती थी। उसने एक दिन ऊर्मि से पूछना चाहा था, ऊर्मि, तुमने मुझे चुना है या यह केवल एक संयोग है? मगर न पूछ सका था, इस भय से कि कहीं ऊर्मि ने संयोग कह दिया तो क्या होगा ! वह कभी भी भविष्य के विषय में नहीं सोच पाता था। उसे हमेशा लगता था, वर्तमान के आगे कुछ नहीं है। वर्तमान, अतीत और भविष्य का एक समझौता है जिसमें असंख्य दरारें हैं, मगर फिर भी यह एक जगह है, जहाँ रहा जा सकता है। भविष्य में नहीं रहा जा सकता। वह नहीं रह सकता।

उसने कमरे का द्वार बन्द कर लिया था और निश्चय कर लिया था कि अब वह ऊर्मि को कभी नहीं जाने देगा।

वह ऊर्मि को इस समय बहुत प्यार करना चाहता था। जब पहली बार उसने ऊर्मि को प्यार किया था तो उसने कहा था, प्यार करते समय तुम बहुत सुन्दर हो जाते हो। उसे उस क्षण इतनी खुशी हुई थी कि उसे लगा था कि वह इस क्षण के स्मरण में ही सारा जीवन जी लेगा। वह जानता था वह सुन्दर न था, ऊर्मि भी सुन्दर न थी। मगर ऊर्मि के समूचे व्यक्तित्व में एक तरीका था जो उसे एक लावण्य दे जाता था।

ऊर्मि का मुख इस समय कठोर था और वह उसे एक न्यायाधीश की तरह देख रही थी। क्या उसे ऊर्मि की अदालत में सब कुछ कहना है ?

ऊर्मि ! मैं सचमुच शर्मिदा हूँ। मैंने सचमुच तुम्हें दुख दिया है। ऊर्मि ! सचमुच मन से भी विपन्न हूँ। मैं तुम्हें कुछ न दे सका। मैं सचमुच तुमसे क्षमा चाहता हूँ। ये सारी बातें वह कहना चाहता था, मगर न कह सका। पश्चात्ताप भी कभी-कभी कितना गूँगा होता है !

अकस्मात् उसने अनुभव किया, यह सामने बैठी हुई ऊर्मि एक संगमरमर की प्रतिमा है जिसे छूकर उसने जीवित किया है और अब वह पुनः अपनी आदिम अवस्था को लौट जाना चाहती है। शायद उसकी नियति संगमरमर ही है। तो फिर वह बार-बार उसे बचाने का उपक्रम क्यों करता है ?

उसके मन में ऊर्मि के प्रति पतली-सी घृणा उत्पन्न हुई और उसने हिकारत की दृष्टि से ऊर्मि को देखा। ऊर्मि उसकी नजरें पहचानती थी।

वह अपराध करते पकड़ा गया था। उसे कुछ नहीं सूझ रहा था, वह क्या कहे। तुम्हें याद है, तुम जब पहली बार यहाँ आयी थीं, तो इसी जगह…वह मामूली आदमी की तरह बात कर रहा था।

मुझे कुछ भी याद नहीं। ऊर्मि ने झल्लाकर कहा। मुझे केवल इतना याद है कि मैंने एक गलत आदमी से और तुमने एक गलत स्त्री से प्रेम किया था।

क्या वह सचमुच गलत है या ऊर्मि के गलत होने से गलत हो गया

है ? वह पूछना चाहता था। उसके अन्दर का सारा गुबार एकबारगी निकल पड़ेगा और फिर सब-कुछ उस मलबे में ढँक जायेगा। कुछ भी स्वच्छ नहीं रहेगा। वह अपने को नियन्त्रण में रखने का प्रयत्न कर रहा था और ऐसा करने में बेहद तकलीफ का अनुभव कर रहा था।

तुम निर्णय से पलायन कर सकते हो, मैं नहीं। मैं तुम्हारे लिए होने में असफल हुई, तुम मेरे लिए। यह साफ हो जाना चाहिए। हम दोनों का प्रेम समाप्त हो चुका है। और अपने को झुठलाने से कोई फायदा नहीं।

वह खड़ा हुआ ऊर्मि की बातें सुन रहा था, जो उसे सतही प्रतीत हुई थीं। उसने जिन्दगी में फायदे और नुकसान की शब्दावली में विचार नहीं किया था। मगर ऊर्मि कर सकती थी। वह जानता था, हर औरत का दिल एक बनिये का होता है।

वह ऊर्मि से पूछना चाहता था, क्या प्रेम स्वयं में एक अकेलापन नहीं, जो वह उस पर बार-बार आरोप लगाती है कि वह उसे केवल अपने अकेलेपन से बचने का एक साधन मानता है ?

ऊर्मि उठ खड़ी हुई थी और जाने को उद्यत थी। क्या एक दिन वह इसीलिए आयी थी। उसने सोचा था, ऊर्मि उसमें बसने के लिए आयी है। नहीं, ऊर्मि उसमें बस चुकी है और अब वह उसमें से नहीं जा सकती।

वह ऊर्मि के सामने खड़ा हुआ था। वह उसे नहीं जाने देगा। वह जाकर भी नहीं जा सकती। तुम मुझे रोकोगे ? ऊर्मि उससे आँखें मिलाकर कहना चाहती थी। उसे लगा ऊर्मि की आँखों में बल है, मगर उसकी अपनी आँखों में उससे अधिक बल है और ऊर्मि नहीं जा सकती।

उसने ऊर्मि को कन्धों से पकड़ लिया था। क्या करना चाहते हो ? ऊर्मि की आवाज जैसे किसी और जन्म से आ रही थी। उसने बढ़कर बत्ती बुझा दी थी।

तुम मेरे साथ बलात्कार करना चाहते हो ? उसने महसूस किया, ऊर्मि के स्वर में व्यंग्य है। अच्छी बात है, यह भी कर लो।

वह जानता था, ऊर्मि जो कुछ कह रही है उस पर स्वयं उसका विश्वास नहीं। वह जानती थी कि उसने आज तक जो कुछ नहीं किया

वह आज नहीं करेगा।

चुप क्यों हो ? ऊर्मि का झल्लाया हुआ स्वर उसकी कनपटी पर आकर काँप गया।

उसने बत्ती जला दी और ऊर्मि को छोड़ दिया। वह जा सकती है। उसकी इच्छा हुई वह चिल्लाकर कहे, वह जा सकती है। मगर उसने अपने को संयत रखते हुए कहा, तुम जा सकती हो।

क्या कहा !

तुम जा सकती हो। उसने अपनी बात फिर धीमे स्वर में दोहरायी और लगा वह पूरी तरह बिखर गया है।

अच्छी बात है। ऊर्मि ने द्वार खोला और बरामदे में आ गयी। सामने के फ्लैट का हलका-सा प्रकाश बरामदे के एक किनारे पर पड़ रहा था, शेष जगह अँधेरी थी। वह नहीं देख सकता था कि ऊर्मि गयी या नहीं, मगर वह विश्वास करना चाहता था कि वह चली गयी है। वह इस क्षण बिलकुल मर गया था। हलकी-सी आहट से भी वह जीवित हो उठेगा और फिर कभी फैसला नहीं कर सकेगा।

उसने महसूस किया ऊर्मि कमरे में फिर लौट आयी है और उससे कुछ कह रही है। तुमने निर्णय लेकर अच्छा किया। मैं फिर कभी नहीं आऊँगी। ऊर्मि का एक-एक शब्द मधुमक्खी के डंक की तरह उसमें पैठ गया और वह एक जलन का अनुभव करने लगा।

उसने देखा, ऊर्मि तेज-तेज बरामदे से उतरकर सड़क की ओर चल दी थी और उसके साथ जैसे उसका कमरा और उसकी तमाम व्यवस्था भी उसके पग-चिह्नों का अनुसरण करती चल दी थी। वह बिलकुल बेतरतीब और स्थानहीन हो चुका था और ऊर्मि सड़क पर खड़ी थी।

उसे लगा उसके पैर उससे विद्रोह कर रहे हैं और कुछ देर में वे उससे अलग हो जायेंगे और उस ओर चल देंगे जिस ओर ऊर्मि गयी है। उसने अपने को संयत किया, एक ठण्डी साँस ली और सड़क पर आ गया। उसने देखा, उसे आते देख ऊर्मि की चाल तेज हो गयी थी। फिर वह रुकी, मुड़ी और उससे कहा, तुम इतना भी नहीं कह सकते कि रुक आओ, न जाओ ! और वह दुगनी तेजी के साथ बढ़ गयी। ऊर्मि, उसने

पुकारा। और उसे लगा उसने ऊर्मि को नहीं अपने-आपको पुकारा है।

सड़क बिलकुल सूनी थी, केवल बायीं ओर के फ्लैट की ऊपरी मंजिल की रोशनी जल रही थी और दूर पर कुछ कुत्ते भूंक रहे थे।

वह ऊर्मि के समीप हो चुका था। तुम नहीं जा सकतीं।

मैं कहती हूँ, तुम मुझे नहीं रोक सकते। जो मुझे घर से निकाल सकता है, वह दिल से भी निकाल सकता है। मैं जाऊँगी।

वह ऊर्मि के गाल पर एक खींचकर तमाचा मारना चाहता था, जिसकी प्रतिध्वनि से सारी सड़क जाग जाये और खुद ऊर्मि जाग जाये। वह पिछले अनेक वर्षों से जागता हुआ बैठा हुआ था और ऊर्मि नींद में चल रही थी।

तुम नहीं जा सकतीं। उसने इतनी शक्ति के साथ कहा, जैसे उसका न जा सकना ही उसकी नियति हो।

ऊर्मि रुककर खड़ी हो गई थी। तुम क्या चाहते हो ? उसने ऊर्मि का हाथ पकड़ लिया था। तुम अपने-आपको छोड़कर नहीं जा सकतीं। उसने ऊर्मि की आँखों में आँखें डाल ली थीं जैसे कहना चाहता था, अपने-आपसे पूछकर देखो, क्या तुम जा सकती हो ?

ऊर्मि उसकी आँखों से आँखें मिलाये हुए थी और उसका हाथ काँप रहा था। सन्तोष ने अपनी पकड़ ढीली कर दी थी, मगर अब भी ऊर्मि का हाथ उसके हाथ में था। वह जानता था, ऊर्मि अपना हाथ नहीं छुड़ायेगी।

[1960

सोचने वाला जानवर

उसने अनुभव किया उसकी पीठ पर कोई चीज आकर पड़ी है और वह चोट खाकर हड़बड़ाकर उठ बैठा। जब तक वह अपने को संयत करे तब तक दूसरी बार वह चीज उसकी पीठ पर उछल गयी। अजीब बात है !

देर रात, ताँगा खोल, वह अभी-अभी सोया था। बड़ी देर नींद ही नहीं आयी। एक तो नाली के पानी से उठकर तमाम आस-पास मच्छरों का उत्पात और कुछ अपनी और अपने लोगों की फिक्र। रोज का क्रम था। उसे सप्ताह बाद ही कर्ज की तीसरी किस्त चुकानी थी, जबकि वायदे के अनुसार अब तक आखिरी किस्त चुक जानी चाहिए थी। अभी पिछले साल ही उसने अपनी बीवी के एक दूर-दराज रिश्ते से कर्ज कर घोड़ा खरीदा था। इधर बीवी का नौवाँ चल रहा था। किसी भी दिन सौर में पड़ सकती थी। हो सकता है कल ही। छोटा लड़का मुस्तफा फसाद करने के जुर्म में जेल में है। मुकदमा अभी चल ही रहा है। वह जमानत भी नहीं जुटा सका था, सबूत मजबूत है और जाहिर है कि उसे सजा हो ही जायेगी। बाप-दादों की इज्जत भी गयी। जो कभी उसके खानदान में नहीं हुआ वह भी होकर रहा। अरसे बाद उसकी बुआ ने, अभी पिछले दिनों उसे देखा, तो बोलीं, शकूर, तुम तो जवानी में ही बुढ़ा गये। जरा अपनी देह देखो। वह चौंककर अपनी देह देखने लगा था और उसे आश्चर्य हो रहा था कि यह बात इससे पहले उसके दिमाग में क्यों नहीं आयी कि वह एक अरसे से बूढ़ा हो रहा है ?

अपनी खाट पर उठकर बैठते हुए उसने देखा, गली में सन्नाटा था

और आस-पास अंधेरा। उमस थी। उसने अँधेरे में देखने की कोशिश की और पाया कि ठीक उसके सिरहाने कोई चाबुक हिला रहा है। उसने पहचानना चाहा, क्या वह उसका अपना चाबुक है, जिसे वह घोड़ा खोलने के बाद रोज ताँगे में ही रख जाता ? उसने देखा और अपनी आँखों पर विश्वास नहीं किया। एक बार आँखें मलने के बाद फिर देखा, और फिर विश्वास नहीं किया। जरूर कोई गड़बड़ी है। देर रात तक जागकर सोने का यही परिणाम हो सकता है। बुरा स्वप्न ! मगर वह जानता था, वह स्वप्न नहीं देख रहा है। अतः कूदकर खाट से बाहर आ गया और उसके कुछ सोचने के पहले ही उसकी पीठ पर चाबुक फिर उछल गया। उसने पाया, उसका बड़ा लड़का सुबराती उसे तेज आँखों से घूरता और चाबुक हिलाता खड़ा है। मगर वह तो गऊ था। बाप की ओर कभी आँख उठाकर भी नहीं देखा। हो-न-हो वह पागल हो गया है। जरूर किसी ने उसे कुछ खिला दिया है और उसका लड़का पागल हो गया। बेटा सुबराती ! सबर कर बेटा सुबराती ! जरा होश में आ। उसने अपने बेटे को पुचकराने की कोशिश की, मगर उसने देखा चाबुक फिर हवा में हिल रहा है और अगर उसने फौरन बचने की कोशिश नहीं की तो फिर एक बार सपाक कर उस पर उछल जायेगा। वह उछलकर लड़के के बायीं ओर खड़ा हो गया और देखा, वह कुछ अजब ढंग से सिर हिला रहा है। उसने सोचा, असल में यह लड़का नहीं, वह खुद पागल हो गया है। क्या किया जाये ? क्या इस समय शोर करना अच्छा होगा ? क्या आपस के झगड़े से मुहल्ले-भर की नींद खराब न होगी ? मामला और भी आगे बढ़ेगा। आखिर हुआ क्या इस कम्बख्त सुबराती के बच्चे को ? या अल्लाह ! उसने आसमान की ओर देखा। अभी सुबह होने में समय था। एक बार फिर कोशिश की जाये। सुबराती बेटा ! सुबराती मेरी जान ! जरा होश में आओ, सुबराती वे···। और अचानक उसे ख्याल आया सुबराती तो पिछले साल पीलिया से जाता रहा था। उसने एक बार फिर अपनी आँखें मलीं और यकीन करना चाहा कि वह सुबराती नहीं है। मगर उसने देखा, अब तक सुबराती ने अपने हाथों में ताबूतनुमा कोई चीज उठा ली थी। उसने गौर किया। वह एक घोड़े का ताबूत था। उसकी

समझ में नहीं आ रहा था कि उसका बड़ा लड़का उससे मिलने, यह ताबूत लेकर क्यों आता है ? मरने के बाद भी कम्बख्त का दिमाग ठिकाने नहीं। उसकी माँ ठीक कहा करती थी कि अगर इसका दिमाग ठीक रहता तो इसे पीलिया न होता। पीलिया ! और वह इस ख्याल पर काँप गया कि वह एक मृत व्यक्ति के समाने खड़ा है। उसके सारे शरीर में फुरफुरी दौड़ गयी और उसने अनुभव किया वह किसी को पुकार सकने में भी असमर्थ है।

मगर इसके हाथों में ताबूत क्यों है ? क्या उसका घोड़ा भी जाता रहा ? उसने अस्तबल की ओर देखा और पाया कि उसका घोड़ा पहले की तरह खड़ा था। तो यह खयाल गलत था। असल में यह सारा का सारा एक भ्रम है। न यहाँ सुबराती है न ताबूंत। सब कुछ एक झूठ है। लोग ठीक कहते हैं कि शकूर को बैंठे-बैंठे हवाइयाँ उड़ाने का शौक है, जहाँ कुछ भी नहीं है वहाँ भी वह सब कुछ देख लेगा।

मगर, उसने देखा, वह ताबूत खोल रहा था और उससे कुछ कह रहा था, जिसे समझ सकने में वह बिलकुल असमर्थ था। जब तक वह कुछ कहे, तब तक चाबुक उसकी पीठ पर, और इस बार की करारी मार से वह उछल पड़ा। मरने के बाद, कम्बख्त, पैदा करने का बदला ले रहा है। बेहया ! बेरहम ! वह मन-ही-मन उसे कोसता रहा और सोचता रहा, आखिर वह करना क्या चाहता है ? उसने देखा, उसने ताबूत पूरी तरह खोल लिया था और इसके पहले कि वह ताबूत को जरा गौर से देखे, उसने उसे गरदन और कमर पर पकड़कर ताबूत में ठूंस दिया। शकूर ने जिन्दगी में पहली बार अनुभव किया कि वह बेहद कमजोर है और कोई भी उसे कहीं भी ठूंस सकता है। इस बार सारा कर्ज उतर जाये, फिर वह देखेगा कि ऐसा नहीं होता है। आदमी को अपने शरीर पर भी कुछ ध्यान देना चाहिए।

उसने अनुभव किया कि ताबूत के अन्दर पड़कर उसका शरीर सिकुड़ गया है, जैसे यह हमेशा से इसी शकल में रहा हो। कितनी जल्दी कम्बख्त ने मुझे घोड़ा बना दिया, इस खयाल पर उसे झुँझलाहट भी हो रही थी और राहत का अनुभव भी हो रहा था। लो ! पट्ठे ने बन्द भी

कर दिया। उसने देखा ताबूत के अन्दर बिलकुल अँधेरा था। ताबूत बाहर से जिस तरह से ठोंका-पीटा जा रहा था उससे लगता था थोड़ी देर में यह अँधेरा भी नहीं रहेगा। वह ताबूत में बिलकुल फिट हो जायेगा। मेरे मालिक ! जीते-जी तूने जानवर बना दिया।

उसने दाँत पीसकर कहा, ठहर जा सुबराती के बच्चे ! सुबह होने दे। उसने सुन रखा था, सुबह होते ही, जिन्द और आत्माएँ हवा हो जाती हैं। रोशनी के सामने कुछ नहीं ठहरता। मगर सुबह होने में अभी देर थी।

बाहर की ठोंक-पीट बन्द हो चुकी थी और उसने अनुभव किया ताबूत उसकी त्वचा पर आकर ठहर गया है। नहीं, वह उसकी त्वचा के अन्दर उतरता जा रहा है और वाह रे वाह ! ताबूत में फिट होकर उसके हाथ भी पैर की शक्ल में बदल गये। और यह दुम ! बड़ा बोझ है दुम का ! उसने पीछे मुड़कर देखना चाहा कि उसकी दुम कैसी है, मगर उसने अनुभव किया उसके मुँह में कोई चीज डाली जा रही है। अरे भाई, रुको! जरा दम तो लेने दो। मगर कोई रुकता है ! उसके मुँह में लगाम डाल दी गयी थी और वह कहीं ले जाया जा रहा था। ले चलो, उसने जरा भी चूँ-चपड़ नहीं की और ले जाने वाले के साथ चल पड़ा। जहाँ रुका, वहाँ से भीगे हुए चने और घास की तेज गन्ध आ रही थी। उसने नाँद में मुँह डाल दिया और ताबड़तोड़ मुँह मारने लगा। जैसे वर्षों से वह इस नाँद और सुबह की प्रतीक्षा कर रहा था। वह तृप्त होकर खड़ा था और उसे अपने शरीर और आस-पास और सारी दुनिया से घास की बढ़िया गन्ध आ रही थी। उसे लग रहा था उसके दिमाग की जगह घास का मैदान है और यह घास का मैदान कहीं भी खत्म नहीं होता है।

अब किधर चलना है या चलना भी है या नहीं ? वह कुछ भी नहीं सोच रहा था और अपने न सोच पाने का उसे न कोई दुख था न सुख। उसने अपनी पीठ पर चाबुक की मार अनुभव की और उसके पिछले पैर हवा में ऊपर उठ गये। दरअसल वह उछल पड़ा था। लगाम थामे हुए कोई उसे न जाने किस ओर ले जा रहा था। जहाँ वह रोका गया वहाँ उसने देखा, ताँगा खुला पड़ा था। वह चुपचाप देखता रहा कि किस तरह

उसकी आँखों पर पट्टा पहनाया जाता है और किस तरह ताँगे का जोत उसके कन्धों पर रखा जाता है और किस तरह लगाम खिचती है। जब उसकी पीठ पर इकट्ठे कई बार चाबुक की मार पड़ी तो उसके पैर अपने आप उठ गये और वह दुलकी चाल चल पड़ा। बाहर हवा लगी तो उसने अनुभव किया उसके दिमाग में छिपा घास का लम्बा मैदान हवा में हिल रहा है और उसकी गन्ध तमाम हवा में बसी जा रही है और सबसे पहले तो उसके नथुनों में। वह मजे में सरपट भाग रहा था। केवल अपनी पीठ पर बोझ का अनुभव कर रहा था, बल्कि काफी बोझ का। मगर अन्दर बिलकुल हलका था, जैसे वह एक घोड़ा नहीं था, ताबूत था, जो न जाने किस करिश्मे से हवा में उड़ रहा था।

अकस्मात् लगाम की पकड़ मजबूत हुई और वह रुक पड़ा। क्या करना चाहता है कम्बख्त ? जरूर वह सवारियाँ बिठा रहा है। उसने अपने कान खड़े कर लिए और चौकन्ना होकर सुनने लगा। उसने सुना, किराये को लेकर बहस हो रही थी। वह रुपया माँग रहा था, और वे उसे अठन्नी दे रहे थे। तो इसमें बहस की कौन-सी बात है ? ये लोग इस बात पर झगड़ क्यों रहे हैं ? खड़े-खड़े ऊबकर वह एक बार हिनहिनाया और तब भी बहस खत्म होती नहीं दिखी तो वह मानो हारकर जमीन पर अपना बायाँ अगला पैर पटकने लगा। सहसा उसने अनुभव किया बोझ उसकी पीठ पर बढ़ गया है। यह बोझ कभी बढ़ और कभी घट क्यों जाता है ? उसने अपने दिमाग पर जोर देने की कोशिश की मगर निष्फल। घास का लम्बा मैदान सिकुड़कर एक बड़ा भारी गट्ठर बन गया और वह अपने से परास्त, भागता हुआ, शहर के स्टेशन तक आ पहुँचा।

वह फिर रोक दिया गया था और अपने को हलका अनुभव कर रहा था। इतनी दूर भागने के बाद उसके मुँह से झाग निकल रही थी और बेहद थकान का अनुभव कर रहा था। आस-पास, उसने देखा, कई और घोड़े और ताँगे खड़े थे और वे आपस में न जाने क्या बातें कर रहे थे। वे कह रहे थे, पैसेंजर ग्यारह बजे दिन से पहले नहीं आयेगी। आधा दिन मारा गया। तो इसमें परेशान की क्या बात है ? वह सचमुच ही समझ नहीं पा रहा था कि इसे लेकर परेशान होने की क्या जरूरत

? आधा दिन, सवारियाँ, मन्दा रोजगार। मगर फिर वह ठीक-ठीक कुछ न समझ सका और हिनहिनाकर शान्त हो गया। तुम्हारा जानवर बुड्ढा हो गया है। बदल डालो इसे। शायद उसे लेकर कुछ कहा जा रहा था। अगले माघ में बेच डालूँगा। बेचना क्या होता है ? बिकने से क्या बोझ हलका हो जाता है ? मगर उसके पास कोई जवाब न था। वह एक बार फिर हिनहिनाया। वह अपनी बगल में खड़े घोड़े से इस सबका मतलब पूछना चाहता था। मगर बगल वाला घोड़ा चुपचाप सिर झुकाये खड़ा रहा। अतः वह भी ठीक उसकी तरह क्लान्त और चुप खड़ा हो गया।

थोड़ी देर इस तरह आराम करने के बाद उसने अपनी पीठ पर दबाव का अनुभव किया। वे फिर बातें कर रहे थे। पार्सल है। पार्सल क्या होता है ? दो रुपये देंगे। लगता है सौदा तय हो गया। चीज ताँगे पर चढ़ायी जाने लगी। उसने अनुभव किया, कमर टूट जायेगी और वह वहीं बैठ जायेगा। इतना भारी बोझ। पार्सल का बोझ क्या आदमी से अधिक होता है ? उसके पैर सचमुच थरथरा गये। मगर तब तक उसकी पीठ एक करारा चाबुक पड़ा और वह एक बार तो टंच हो ही गया। मगर जैसे ही उसने अपने पैर बढ़ाये, उसे लगा पार्सल उसकी पीठ पर आ पड़ा है। खींचना नामुमकिन है। वह रुककर खड़ा हो गया। और तब उसने अपनी पीठ पर चार-पाँच बार चाबुक की मार अनुभव की और तकलीफ में उछल पड़ा। तुम्हारा घोड़ा बुड्ढा हो गया है। इसे बदल डालो। उसने फिर सुना। मगर इस बार भी उसकी समझ में नहीं आया कि बुड्ढा क्या होता है ? गुस्से में वह भागा और एक बार तो उसे लगा वह इस बोझ को खींच ले जायेगा। मगर दस कदम जाकर पैर रुक गये और वह लड़खड़ाने लगा। नामुमकिन। इतनी भारी चीज उसने कभी नहीं देखी। वह हाँफ रहा था और उसे लग रहा था उसका कलेजा बाहर आ जायेगा। वह तकलीफ में एक बार बड़े जोर से हिनहिनाया और अनुभव किया कि उसकी पीठ पर ताबड़तोड़ चाबुक पड़ रहा है। वह मार खाता जा रहा था और भागता जा रहा था और भागे ही जा रहा था। और फिर उसे लगा उसकी आँखों के आगे अन्धकार छा रहा है

और आकाश अर्राकर उसके सामने गिर रहा है। आखिरकार लहूलुहान वह एक जगह गिर पड़ा।

आँख खुली तो उसने पाया वह अपने अस्तबल में पड़ा हुआ है। उसने पहले अपने को टटोला और फिर जब अपना ताँगा और घोड़ा दोनों ही सही-सलामत देखे तो अपने मन को तसल्ली दी कि एक बहुत बुरा ख्वाब था। उसने देखा सुबह हो रही थी और गली में शोर हो रहा था। उसने सोचा, उसने अपना घोड़ा अभी भी नहीं खोला है और अब एक सप्ताह भी नहीं रहा। किस्त तो चुकानी ही होगी। उसे खयाल आया कि उसे मुस्तफे के लिए कोई वकील भी जुटाना है और···उसे लगा कि इस 'और' के आगे एक ऐसा सिलसिला है, जो कभी खत्म न होगा।

वह अस्तबल से बाहर आया और सुना उसकी भौजाई कह रही थी, शकूर, तुम रात-भर कहाँ रहे? और यह पीठ पर क्या हुआ? कहीं से पिटकर आये हो क्या? उसकी पीठ सचमुच छिली हुई थी, मगर उसे लग रहा था, दर्द उसे क़हीं और हो रहा है। यह कहाँ हो रहा है और क्यों हो रहा है, ज्यों-ज्यों समझने और सोचने की कोशिश वह करता जाता था, त्यों-त्यों, उसे लगता, उसका दर्द बढ़ता जाता था।

[1960

अनुगूँज

बाजे की आवाज पर भीड़ फिर इकट्ठी होने लगी। सबने देखा रणभेरी बजाते हुए बाजे वाले आगे-आगे चले आ रहे थे और उनके पीछे वह।

बाजे वालों ने चमकदार लाल मखमली वर्दी पहन रखी थीं जिन पर जगह-जगह पैबन्द। सिर पर लाल-लाल कलंगियाँ। दूर से देखकर धोखा होता था।

सबने कौतूहल से देखा, तंग और कँकरीली गली से निकलता हुआ वह चला आ रहा था ढेर सारे तमगों से लैस।

कुछ कौतूहल और कुछ मज़े में वे मुसकराये और अपेक्षा में भीड़ कुछ और बढ़ गयी।

बच्चों को भड़कदार मखमली पोशाक और जुझाऊ बाजा सुनकर बहुत आनन्द आता था। जगह उन्होंने घेर ली थी और आतंक और सम्मान में उस अजीबोगरीब आदमी को देख रहे थे जिसकी पहलवान काया अदा के साथ चली आ रही थी।

उसकी कमर पर म्यानें झूल रही थीं। उसकी मूँछें घनी और पुरानी थीं। उसका चेहरा उखड़ चला था। मगर उसके शरीर में एक अकड़ थी जो उन सबको उसकी ओर खींचती थी।

आगे-आगे बजवारी, उनके पीछे वह और उसके पीछे भाड़े के छोकरे हाथों में फ्रेम किए हुए बड़े-बड़े प्रमाणपत्र लटकाये।

भीड़ में नजीक आ वह रुक गया। उसने एक बाजीगर की तरह झुककर सबको सलाम किया। तब बाजा धुन बदलकर मद्धिम पर आ

गया और वे विशालकाय प्रमाणपत्र पेड़ के तने से टिकाकर रखे जाने लगे।

भीड़ उसे घेरकर गोलाकार हो गयी थी। बच्चे गोल बाँधकर बैठ गये थे।

जो वहाँ पहली बार आये थे, पूछताछ कर रहे थे।

कौन है ?

हवलदार।

कहाँ से आया है ?

क्या मालूम।

क्या करता है ?

करामात। एक लड़के ने उचककर कहा।

चुप बैठ। पिता ने उसके सिर पर चपतियाते हुए कहा।

अभी शुरू करेगा। कुछ और लड़के बातचीत कर रहे थे।

पैसा लेता है ?

नहीं।

बिलकुल नहीं ?

कतई नहीं।

सिरफिरा है क्या ?

नहीं जी।

योद्धा है, योद्धा। एक बड़े से कसरती लड़के ने सिर झटकते हुए कहा। देखते नहीं, उसके पास बड़े-बड़े साट्टी हैं। बर्मा की लड़ाई में लड़ा था। दुनिया घूम आया है। और अपने नायक को सम्मान और प्रशंसा से देखने लगा। थोड़ी देर बाद कुछ साहस और कुछ अधिकार के साथ वह पेड़ के तने से टिके प्रमाणपत्रों को उठा लाया और उत्सुक और अनुत्सुक दोनों ही लोगों को जोर-जोर से पढ़ने के लिए ललकारने लगा :

राजा बहादुर वीरभद्र सिंह, रूलर, वीरभद्र स्टेट—

"हमें हवलदार हिम्मतसिंह की बहादुरी के खेल देखकर बहुत खुशी हुई। हवलदार हिम्मतसिंह ने देश-विदेश में हिन्दुस्तानी एक्रोबैट का

नाम ऊँचा किया है। हम उसके खेल की तारीफ करते हैं और उसकी सिफारिश करते हैं।"

लेडी बर्था डिकिन्स—

"हिन्दुस्तान आकर मैंने और मेरे पति ने बहुत-से चमत्कार देखे और इनमें हमें भारत की आत्मा का परिचय मिला। मगर इस संक्षिप्त प्रवास-काल में जिस साहसी नवयुवक ने मुझे सबसे अधिक प्रभावित किया वह है हवलदार हिम्मतसिंह जो मृत्यु की जोखिम उठाता हुआ, शरीर के अद्भुत रोमांचकारी प्रदर्शन करता है।

"मैं मिस्टर सिंह की स्मृति की रक्षा करूँगी और ब्रिटेन लौटकर उनकी वीरता के किस्से अपने भद्र-मित्रों के बीच सुनाकर भारत की याद ताजा करूँगी।"

जनाब मोहम्मद गुलाम रसूल नवाब ऑव रशीदाबाद—

"इस बहादुर नौजवान ने तलवार और भाले के हद दिलफरेब करिश्मों से हमारा और हमारी बेगमों का दिल खुश किया। वह जिस बहादुर के साथ अपनी जान पर खेलता है उसे देखकर हिन्दुस्तान की बहादुरी का इतिहास आँखों के सामने खिच जाता है।

"हम और हमारी रिआया उसे इज्जत बख्शते हैं।"

जब कई लोगों ने ये प्रमाणपत्र पढ़ डाले तो उस बड़े लड़के ने उन्हें इज्जत के साथ सहेजते हुए फिर उस पेड़ के तने से टिका दिया। उसने देखा, उसकी बगल में खड़ा हुआ एक लड़का सिपाही की तड़कीली-भड़कीली वर्दी पर जगह-जगह टँके तमगों को ललचाया हुआ देख रहा था। उसने उसे धकियाया और फिर अपने नायक को देखने लगा।

नायक ने एक बार भीड़ पर अपनी नजर घुमायी और सन्तोष का अनुभव किया। उसने अपना भड़कीला कोट उतारकर भाड़े के छोकरे के हाथ थमा दिया था। अब उसने अपनी पतलून भी उतारकर नीचे फेंक दी थी और इस समय उसके शरीर पर एक बनियान और लंगोट के अलावा कुछ भी न था। उसने अपनी कसरती भुजाओं को थपथपाया और एक झटके के साथ बनियान भी उतार दी। एक बार धूल में लेटा। उठ खड़ा हुआ। जब तक वह शरीर पर धूल लपेट दण्ड-बैठक करता

रहा भीड़ उसके विषय में जिज्ञासाएँ करती रही—

क्या कर रहा है ?

कसरत।

पहलवान खतरा उठाने के पहले बदन को चिकना बना लेते हैं।

भई, गजब का शरीर है।

पुराना खाया-पीया है।

तब वेजीटेबिल थोड़े ही मिलता था।

अभी क्या है : आगे देखिये क्या-क्या कमालात दिखाता है।

सुनने वाले उत्सुकता के साथ उसे देखने लगे और बच्चे कुछ और आगे खिसक आये। बड़े लड़के ने देखा, एक लड़का भीड़ की टाँगों के नीचे से होकर सामने आने की कोशिश कर रहा था। उसने उसे झिड़का और वहीं रोक दिया।

शाम की धूप में नंगा बदन चमचमा रहा था। उसके इशारों पर दो लोग एक भाला लेकर पास आ खड़े हुए। उसने एक बार फिर सबको देखा, भाला कुछ तिरछा किया और अपना सीना उसकी नोक पर टिका दिया।

भीड़ पर सन्नाटा था। उसने नोक पर सीने का जोर दिया। फिर यह जोर बढ़ता गया। उसकी मुखाकृति तन गयी।

कमाल है !

दरअसल कमाल है !

सीना है या पत्थर ?

अजी यह जोर देगा तो नोक तलक टूट जायेगी।

बदन हो तो ऐसा !

वह भाला फेंककर अलग खड़ा हो गया था। तालियों की गड़गड़ाहट सुनता वह वापस आ रहा था।

बहादुरों का कोई जवाब नहीं।

राजों-महाराजों के सर्टीफिकेट झूठे थोड़े ही होते हैं।

अब क्या कर रहा है ?

आराम। आदमी इतनी मेहनत करे तो आराम की जरूरत पड़ती

ही है।

शरीर तो देखो।

प्रशंसा और स्तुति से घिरे योद्धा का चेहरा खुशी से चमक उठा था। उसने सचमुच सुख का अनुभव किया और कुछ समय अपने सुख में छकता रहा। फिक चौंका, अपनी मूँछों के कोनों तक मुसकराया और उसके इशारे पर फिर दो लोग भाला लेकर आ खड़े हुए। उसने फिर भाला झुकाया, नोक पर सीना गड़ाया और दवाब बढ़ता गया। उसके चेहरे की मांसपेशियाँ तन गयीं, भुजाएँ अकड़ गयीं।

एक बार जोर देकर उसने पैर हवा में उठा दिये और फिर सारा शरीर हवा में। भाले की नोक पर झूलता एक आदमी। बियावान आसमान में काँटे से बिछी एक आदमकद मछली। मगर वह छटपटा नहीं रहा था। बाजेवालों में से एक आगे बढ़ ठीक भाले के समीप आ खड़ा हुआ और डुगडुगी बजाकर वातावरण गहरा करने लगा। अब गिरा। तब गिरा। मगर वह बिलकुल स्थिर था। अजब-सा सन्तुलन। केवल समूचा शरीर अकड़ा हुआ। ठीक सीधे भाले पर उसका बोझ साधने की कोशिश में उसके दोनों लोगों की निगाहें आसमान की ओर।

गजब है!

कभी नहीं देखा ऐसा खेल।

अजी यह चाहे तो घंटों इसी तरह पड़ा रह सकता है।

प्राणायाम है।

तभी तो जर्मन की लड़ाई से सही-सलामत वापस आ गया।

भाले की नोक पर पड़ा-पड़ा वह यह सब सुन रहा था या नहीं कोई नहीं जानता। मगर उसने अपने-आपको वहीं घुमाना शुरू किया और सीने के बल एक चक्कर घूम गया। उसकी निगाहें नीचे की ओर थीं। उसने देखा सबके चेहरे पर आश्चर्य, अविश्वास और स्तुति थी। उसकी आँखें एक बार फिर चमकीं। फिर हवा में तैरने की कोशिश करता-सा वह एक फिरकी की तरह नोक पर घूमने लगा। वह इतनी तेजी के साथ चक्कर काट रहा था कि देखने वालों को लगा कि वह इसी तरह घूमता रहा तो उन्हें गश आ जायेगा। फिर वह फिरकी रुकी, भाला

तिरछा हुआ और वह अपने शरीर को पीछे फेंकता अलग आ खड़ा हुआ।

तालियाँ इतनी देर बजती रहीं कि उसने अनुभव किया कई दिनों से बज रही हैं और इसकी अनुगूँज कभी खत्म न होगी। गो वह थका-थका था उसने आनन्दित होकर अपनी आँखें मूँद लीं और उस अनुगूँज में डूब गया। बाजा हालाँकि बहुत फूहड़ ढंग से विजय-गान बजा रहा था उसे यह सब बहुत अच्छा लगा। चमकदार मखमली पोशाक, कलंगियाँ, भीड़, तालियों का शोर और स्तुति।

उसने आँखें खोलीं तो पाया अँधेरा घिर आया था और भीड़ बिखरने लगी थी। मुग्ध और सहमे हुए बच्चे घर लौटने की तैयारी में थे। उसने चाहा कि वे रुक जायें। मगर अँधेरा कुछ और गहरा हो गया।

उसने बाजेवालों और प्रमाण-पत्र उठाने वाले लड़कों को देखा, जो चुपचाप खड़े हुए थे। उसने अपनी कमीज उठायी। कुछ नोट और रेजगारी निकाली और उन्हें बिदा किया। उनके जाने के बाद भी कुछ लोग वहाँ खड़े रहे। फिर धीरे-धीरे वे भी चले गये। वह उन्हें दूर जाता देखता रहा। उसकी समझ में नहीं आया वे सब कहाँ जा रहे हैं और वह भी किसी ओर चला क्यों नहीं जाता! उसने देखा उसके आस-पास कुछ भी न था। कुछ भी न होने के अहसास पर उसने भयंकर बेचैनी का अनुभव किया और उसकी इच्छा हुई कि वह पुकारकर उन सबको रोक ले। मगर अब तक सबके सब उसकी नजर से धुंधले भी पड़ चुके थे।

उसने अपना कोट अपने थके हुए कन्धों पर डाल लिया। तमगे एक बार झनझनाये। गहरे मौन में उसे यह झनझनाहट बिलकुल अजनबी लगी।

[1960

साथ

कपिल ने कमरे में प्रवेश किया तो पाया कि रति रोशनी बुझाये बिना बिस्तरे पर लेटी हुई थी। यह अन्दाज कर सकना कठिन था कि वह सोयी हुई थी या महज आँखें बन्द किये हुए थी। उसका चेहरा तटस्थ था और छाती उठ और गिर रही थी।

उसकी शान्त मुखाकृति देखकर उसे डाह हुई, मगर तत्काल उस ओर से अपना मुँह फेर वह अपने कपड़े बदलने लगा। गर्मी हालाँकि नहीं थी, उसने पंखा चला दिया और पाया कि कमरे में घुटन है। कई हफ्तों से, महीनों से कमरे में घुसते उसे यही अनुभव होता और कई बार सोच-कर भी वह नहीं सोच पाता कि क्या उपाय है।

फिर उसने खिड़कियाँ भी खोल दीं। उसे झुंझलाहट हुई कि रति आज फिर बन्द करके सोयी थी।

कपड़े बदलकर वह मेज पर बैठ गया था और रति का मुख देख रहा था जो अब भी निर्विकार था। क्या उसे कभी कुछ नहीं होता? फिर उसने सामने मेज पर लगे आईने में अपना चेहरा देखा तो पाया उस पर चिढ़ और खीझ की लकीरें साफ खिंची हुई थीं। उसे फिर एक बार रति से जलन हुई।

रति देर से सो कर उठी थी और वह सुबह ही, उसके जागने के पहले ही, धर से निकल गया था और देर से वापस आया था। कई दिनों से वह यही कर रहा था। वह देखना चाहता था कि रति कब तक यह देखती है। मगर उसने देखा कि वह देर से वापस आये या जल्द निकल जाये, रति को कोई शिकायत नहीं होती, कम से कम वह

जताती यही है, जैसे उसके आने या जाने से उसे कोई फर्क नहीं पड़ता। क्या वह उससे इस हद तक अन्कन्सर्ड है ?

उसने सोचा, उसकी गैर-हाजिरी में रति जरूर खुश रहती होगी और अवश्य ही सोचती होगी कि उसने उसे खूब छकाया। उसने एक बार फिर रति के चेहरे को देखा और उसे झुँझलाहट हुई। उसने करवट बदल ली थी। वह इतनी देर से मेज पर बैठा हुआ है और इस तमाम देर में खटर-पटर करता रहा और उसे उसके आने की आहट भी नहीं हुई ! उसने हिकारत से रति को देखा, फिर उठकर रोशनी बुझायी और आकर रति से कुछ खिसककर बिस्तर पर लेट गया। वह उसे जगाना चाहता भी नहीं था। वह कोई काम ऐसा नहीं करना चाहता था, जिससे उसे सुनना पड़े कि वह हमेशा उसे तकलीफ देता रहा है। यह नहीं कि वह उसे तकलीफ देना नहीं चाहता था। मगर तकलीफ को लेकर लड़े जाने वाले रोजाना मुकदमे में वह रति से मुकदमा हारना नहीं चाहता था। उसने पाया था कि असल तकलीफ तकलीफ पाने में नहीं मुकदमा हारने में होती है। पहले उसने तय किया था कि बराबर स्वयं तकलीफ उठा वह इस जटिल और लम्बे मुकदमे में एक दिन जरूर रति को परास्त कर दिखायेगा। मगर अब वह अनुभव करता कि अन्दर से वह चाहता है और शायद रति भी यही चाहती है कि यह मुकदमा कभी खत्म न हो। मुकदमे के आगे की जमीन शायद उन दोनों को नजर नहीं आती थी।

वह कई मिनट तक चुप पड़ा रहा। अँधेरे में केवल पास पड़ी रति की साँस सुनाई पड़ती थी। फिर उसने लेटे-ही-लेटे सिगरेट सुलगा ली और माचिस की तीली की रोशनी में देखा, उस अँधेरे में भी रति का चेहरा उसी तरह तटस्थ था। उसने एक झटके में तीली बुझायी और उसे दूर फेंकता हुआ सिगरेट का गहरा कश लिया।

सिगरेट के लम्बे-लम्बे कश लेकर उसे जल्द ही समाप्त कर उसने फेंक दी और पड़ा रहा। क्या उसे यह भी खबर नहीं कि वह उसके समीप लेटा हुआ है ? निर्मम ! एक अरसे से उसके दिमाग में यह ख्याल मँडरा रहा था कि रति का चुनाव गलत हुआ। मगर फिर उसे महसूस हुआ

था कि जब उसने रति को चुना था, तब वह सही थी, चुने जाने के बाद उस रति की केंचुल छोड़कर एक और रति निकल आयी थी। इस रति को वह पहचानता नहीं था और उसकी समझ में नहीं आता था कि वह उससे किस तरह पेश आये। वह शायद अभी भी एक पुराना प्रेमी था, मगर रति प्रेम को आउटलिव कर कुछ और हो चुकी थी। उसे प्रेम से कोई और बड़ी चीज चाहिए थी। यह चीज क्या थी वह समझ नहीं पाता था और काफी दिनों तक स्वयं पर झुँझलाने के बाद मन-ही-मन अब रति पर झुंझलाने लगा था।

इस समय भी उसे झुँझलाहट हो रही थी। मगर वह कतई नहीं चाहता था कि वह रति पर व्यक्त हो। वह चाहता था कि वह अन्दर-ही-अन्दर 'सफर' करता रहे और एक दिन उसकी—'सफरिंग' के लिए स्वयं को जिम्मेदार अनुभव करती हुई रति स्वीकार करे कि जिस बड़ी चीज की तलाश उसे थी दरअसल वह और कुछ नहीं, वह खुद था।

रति ने करवट बदली और उसका हाथ कपिल के सीने पर आ पड़ा। ठण्डा, निर्जीव हाथ। कपिल को वह भारी प्रतीत हुआ मगर उसने उसे हटाया नहीं। कुछ क्षण बाद रति ने चौंककर आँखें खोलीं और फिर अपना हाथ हटाती हुई कपिल से कुछ दूर खिसक गयी। वह मुस्कराया। वह जानता था रति इस तमाम समय में सोयी नहीं थी, केवल स्वाँग कर रही थी। कोई बात नहीं, वह उसके स्वाँग की भी उपेक्षा करेगा।

वह उसी तरह पड़ा रहा और उसने पाया कि रति भी उसी तरह पड़ी हुई है।

जब उसने बहुत देर तक कुछ नहीं कहा, तो उसने सुना, रति उससे कह रही थी, पंखा बन्द नहीं किया जा सकता ?

उसे लगा वह झल्ला पड़ेगा। यह रति हमेशा इस तरह क्यों बात करती है ? क्या वह उससे सीधे नहीं कह सकती थी, पंखा बन्द कर दो ?

उसने अपनी झुँझलाहट रोकते हुए कहा, उमस बहुत है। ओह ! उसने सुना, रति ने कहा और करवट बदल ली। वह जानता था, इस 'ओह' में एक बहुत बड़ा व्यंग्य है जो रति साल-भर पहले उस पर

नहीं कर सकती थी। मगर अब उन दोनों के बीच शायद व्यंग्य के सिवा कुछ भी नहीं था।

वह चुप रहा। फिर चुपचाप उठा और पंखा बन्द कर दिया।

रति सुगबुगाकर उठी, रोशनी का स्विच दबाया और फिर उसकी ओर देखती हुई बोली, मेरी जरूरत की इतनी परवाह क्यों ? उसने कोई उत्तर नहीं दिया।

उसने देखा कि रति झुँझलाकर उससे कह रही थी, बोलते क्यों नहीं ?

उसने तय कर लिया था कि वह रति के इस प्रकार के सवालों का जवाब नहीं देगा। उसने देखा, रति का चेहरा तमतमा गया था और वह हमेशा की तरह अपना ब्लाउज उतारकर फेंकने को उद्यत थी।

रति जब गुस्से में आती तो अपना ब्लाउज, यहाँ तक कि साड़ी भी उतारकर फेंक देती और घण्टों रोने-खीझने के बाद निढाल हो महज पेटीकोट पहने बिस्तरे पर पड़ जाती। शुरू में उसे रति के इस दौरे से भय होता और वह रति के सामने अपने अस्त्र डाल देता। मगर अब वह अभ्यस्त हो चुका था और वह रति को हर तरह आमादा होने देता। वह समझ गया था कि वह उसे जितना ही रोकेगा वह उतनी ही आमादा होगी।

खैर। अब तक अहसान करते आये। रति ने तिक्त स्वर में कहा, एक अहसान और सही। और उसने हाथ बढ़ाकर बत्ती बुझा दी।

कपिल को लगा रति ने उस पर ठीक जगह पर चोट की है, और वह तिलमिला गया है। फिर अँधेरे में अपनी पुतलियाँ सिकोड़ते हुए सोचा, क्या उसने सचमुच अपने अहसान से रति को दबाना नहीं चाहा था ? और जब-जब वह रति को दबाने की छिपी-अनछिपी कोशिश करता है, रति उछल पड़ती है। और जगह औरत कुन्द हो, पति के इरादों को समझने के मामले में उसकी घ्राण शक्ति तीव्र होती है।

कमरे में बाहर का और भी अन्धकार आकर समा गया था और कुछ भी नजर नहीं आता था। केवल मेज पर रखी घड़ी का रेडियम-डायल चमचमा रहा था, जो जब वह अकेला होता अक्सर उसे घूरता

प्रतीत होता। वह उसकी टिक्-टिक् सुनने लगा और अपनी आँखें बन्द कर लीं। उसने सोचा, गिनती गिनते-गिनते या टिक्-टिक् सुनते-सुनते उसे नींद आ जायेगी। वह अगली सुबह भी रति के नींद खुलने के पहले ही निकल जाना चाहता था। वह किसी भी शर्त पर रति के आगे झुकना नहीं चाहता था। उसने झुककर देख लिया था। झुकने का कोई अन्त नहीं। झुकता-झुकता वह टूट जायेगा और इस टूटने का कोई पुरस्कार होता तब भी कोई बात थी। रति को सोचना चाहिए था। फुलिश वुमन !

मगर काफी देर तक घड़ी की टिक्-टिक् सुनने के बाद भी उसे नींद नहीं आयी तो उसने आँखें खोल लीं। उसने गौर किया और पाया कि रति सचमुच सो गयी है।

वह सुखी है। आखिर उसे क्या दुख है ? यदि वह दुखी होती तो क्या उसे इतनी आसानी से नींद आ जाती ?

अपने दुखी होने के अहसास पर उसे दुख भी हुआ और क्षोभ भी। जब उसे कोई दुख नहीं, तो फिर उसे क्यों हो ? बिस्तर पर उन दोनों के बीच खाली जगह थी जिस पर अँधेरा लेटा हुआ था।

इस तरह नहीं चल सकता। वह बुदबुदाया। वह इस तरह अपने आप में घुटता नहीं रह सकता।

उसने रति की बाँह पर अपना हाथ रख उसे अपनी ओर खींचना चाहा। उसने पाया कि रति जाग रही थी और उसके स्पर्श से ही छिटक कर दूर हो गई थी।

उसे गुस्सा आया। क्या उस पर उसका कोई अधिकार नहीं ?

उसने बलपूर्वक उसे अपनी ओर खींचा और देखा कि रति प्रतिरोध कर रही थी।

इसे प्राप्त करना ही होगा। इस सबका अकेला इलाज शायद यही है कि वह उसे पूरी तरह प्राप्त कर ले।

रति निढाल होकर उसके सीने पर पड़ गयी थी और भुनभुना रही थी, इच्छा के विरुद्ध जो चाहो सो कर सकते हो।

उसे ख्याल आया, विवाह के पहले बहुत थक जाने, झुँझलाने या

फ्रस्ट्रेट होने पर वह वेश्याओं के पास जाया करता था। हर बार वह सोचता कि उनके पास जाकर वह झुँझलाहट निचोड़ आयेगा और उसमें वह कड़वाहट नहीं रहेगी। मगर हर बार उसने पाया कि वे इस बारे में बिलकुल अलग ही अलग रहती हैं और वहाँ से लौटकर उसकी कड़वाहट कुछ और बढ़ जाती है। रति के साथ भी उसे यही अनुभव होता। मगर हर बार वह इस उम्मीद से कदम बढ़ाता कि वह अपने आक्रामक प्यार से उसकी फ्रिजिडिटी तोड़ देगा। रति के किनारे गिरते हुए उसने अनुभव किया कि इस एक क्षण में उसका शरीर जरूर हलका हो गया, मगर मन भारी हो गया है। उसने अपने-आपको अपराधी अनुभव किया।

मुझे माफ नहीं करोगी? अपराध के क्षण में उसे फौरन आत्मग्लानि होती और वह तत्काल उससे मुक्त होने की कोशिश करता। वह यन्त्रणा को अधिक देर ढो नहीं पाता था।

उसने देखा रति सिसक रही थी। अपने अपराध की गुरुता से कातर होकर उसने अपने होठ रति के भीगे कपोल पर रख दिए और उसे यहाँ-वहाँ चूमने लगा। वह जैसे-जैसे चूमता जाता, रति का सुबकना बढ़ता जाता था। वह जानता था अभी थोड़ी देर में रति बुरी तरह रोने लगेगी और फिर कुछ भी नहीं हो सकेगा। वह एक बच्चे की तरह उसे मनाने लगा, मत रोओ रति! मैं सचमुच माफी चाहता हूँ। फिर कभी ऐसा नहीं होगा। रति, मैं सचमुच तुम्हें चाहता हूँ। और वह खुद रोने लगा।

उसने पाया कि रति का रोना पहले से बढ़ गया था और ऐसे समय पर उसे कुछ न सूझता तो वह रति के अंग-प्रत्यंग को चूमने लगता—उसके वक्षों को, कमर को, तलुओं को, जाँघों को। रति ने एक बार उससे कहा था, तुम नाटक करते हो! तब वह तिलमिलाकर रो पड़ा था।

वह रति की निर्वसन देह को बहुत देर तक चूमता रहा और तब भी उसका रोना बन्द न हुआ तो उसने झुँझलाकर उसे छोड़ दिया।

तुम माफ भी नहीं कर सकतीं? उसने झल्लाये और हारे हुए स्वर में कहा।

रति की ओर से कोई उत्तर न था। वह उसी तरह सिसक रही थी।

तब वह लेट गया और उसका मन फिर धीरे-धीरे भरने लगा। कोई रास्ता नहीं। न रति ठीक हो सकती है और न वह ठीक हो सकता है। वह उसे माफ भी नहीं कर सकती और वह जानता है, जब तक वह उसे माफ नहीं करेगी वह यह नहीं भूल सकता कि उसने उसके साथ जबरदस्ती की है। उसने सोचा था, उसने रति के साथ विवाह किया है, मगर अब मालूम पड़ता है, उसने आजीवन आत्मग्लानि के साथ विवाह किया था।

उसने सोचा, एक बार फिर प्रयत्न किया जाये। उसने बुदबुदाते हुए कहा, रति, क्या अब भी मुझे माफ नहीं करेगी ?

वह सचमुच ही इस वक्त यह बिलकुल ही भूल जाना चाहता था कि उसने रति के प्रति अपराध किया है। अपराध कर वह छोटा हो जाता है।

उसकी सिसकियों और कमरे के मौन के बीच, उसने सुना, रति उससे कह रही थी, कर तो दिया। कब नहीं किया था।

उसे उम्मीद नहीं थी कि रति उसे इतनी आसानी से माफ कर देगी। उसे माफ कर रति हमेशा उससे कुछ बड़ी हो जाती है और वह हमेशा रति से कुछ छोटा हो जाता है। एक बार फिर उसकी भुजाओं में पड़ी हुई रति ने उसे पराजित कर दिया।

अपनी हार के क्षण में वह झुंझलाने लगा और उसे अपने-आप पर गुस्सा आने लगा। उसने तय किया कि वह तकलीफ उठाता जायेगा और रति को यह अनुभव कराकर रहेगा कि उसकी तकलीफों के लिए वह जिम्मेदार थी।

मगर थोड़ी ही देर बाद अपने शरीर में उत्तेजना का अनुभव कर, रति की खुशी से, रति को प्राप्त करते हुए उसे लगा, वह दिन कभी नहीं आयेगा। उसमें तकलीफ उठा सकने की क्षमता नहीं, वह जिन्दगी भर रति से छोटा रहेगा।

[1961]

दूसरे के पैर

उसने खिड़की खोली तो सर्द हवा का एक झोंका उसके गालों को बकोट गया। सुबह के दस बज चुके थे, मगर बाहर अभी भी धुन्ध थी। धूप का कहीं नामोनिशान न था। आसमान में वैसे ही बदली थी। लगता था आज भी पानी बरसेगा। उसने खिड़की बन्द कर ली और गले पर अपना पुलोवर कुछ और ऊपर खींच लिया। खिड़की के शीशों से बाहर की धुन्ध बहुत ठोस नजर आ रही थी और जिस सड़क पर इस वक्त दफ्तर भागने वाले क्लर्कों की भीड़ नजर आती थी, धुन्ध से गुँथती और डूबती महज इनी-गिनी साइकिलों के सिवा कुछ भी न था।

उसने अपनी सिगरेट का पैकेट उठाया और कश लेने के पहले ही अपनी गरदन और सीना सहलाने लगा। कल रात-भर वह खाँसता रहा था। दिसम्बर के महीने में उतनी ठण्ड पिछले सोलह साल में नहीं पड़ी थी। पहाड़ों पर वर्षा हुई थी और हिमपात। समूचे उत्तर भारत का तापमान एकदम घट गया था और परसों अविनाश बता रहा था, अब तक सौ से कुछ ऊपर ही लोग ठण्ड से मर चुके हैं। अविनाश उत्तेजित हो गया था और कह रहा था, आदमी की मौत का हम लोगों के लिए क्या अर्थ है? वह सोच रहा था अविनाश शायद ठीक कह रहा है। आदमी की मौत का क्या अर्थ है? इतने सारे लोगों की मृत्यु के समाचार से उसे क्या अफसोस हुआ? वह जानना चाहता था, ठण्ड से आदमी कैसे मर जाता है?

उसके गले में कफ था जो सिगरेट की सेंक से छंटकर बाहर आने को व्यग्र था। पिछले चार दिनों से उसने दफ्तर से छुट्टी ले रखी थी

और ज्यादातर समय घर पर ही रहा था। मौसम कोई कारण न था, बाहर निकलने की इच्छा ही नहीं हुई। उसने अनुभव किया वह पिछले कुछ दिनों से ही नहीं, बल्कि एक अरसे से, अपने अन्दर रहा था और मौसम शुरू होने से पहले ही उसके अन्दर मौसम शुरू हो चुका था। शायद वह इस धुन्ध की प्रतीक्षा ही कर रहा था। इस धुन्ध में कुछ होकर ही रहेगा। कोई दुर्घटना, कोई संयोग, कोई विवाह। विवाह के खयाल पर उसे हँसी आ गयी और उसे लगा कई दिनों तक उदास रहने के बाद अब वह हँस पड़ेगा। उसने ऐश-ट्रे मेज से उठाकर स्टूल पर रख ली, राख झाड़ी, हीटर जलाया और आईना अपने सामने करता हुआ बोला, शशि, तुम ठीक कहती थीं, या तो मैं इम्पोस्टर हूँ या न्यूरोटिक। उसने देखा उसकी दाढ़ी बढ़ आयी थी और चेहरा उग्र लग रहा था। दाँत पीले थे, जिन्हें भींचते हुए उसने कहा, मगर तुम क्या थीं? और एकबारगी निढाल हो गया।

डाकिया सुबह की डाक फेंक गया था, जिसे देखने का उसमें उत्साह न था। इनमें पतले अक्षरों वाला वह लिफाफा भी था, जिसके न आने पर उसे पूरा दिन अर्थहीन जान पड़ता था। अब उसे सारा मजमून अर्थहीन जान पड़ता था। वह जानता था, शशि ने क्या लिखा होगा, बल्कि वह बता सकता था कि सोमवार को शशि क्या लिखेगी, मंगल को क्या और शनिवार को क्या…। कुछ मास पहले, उसने अपने एक दोस्त से कहा था, हम पहले प्रेम करते हैं, बाद में केवल उत्तरदायित्व के कारण प्रेम करते हैं। असल में हम अपने उत्तरदायित्व से प्रेम करते हैं। अब वह उत्तरदायित्व भी नहीं रहा। अब वह किसी के प्रति उत्तरदायी नहीं, यहाँ तक की शशि की चिट्ठियों के प्रति भी नहीं जो मेज पर ढेर सारी अनखुली पड़ी थीं, इस भय से कि यदि उसने उन्हें खोला तो वह एक बार फिर उसी बेवकूफी में बह निकलेगा और फिर वही प्रतीक्षा, वही अन्तहीन प्रतीक्षा। वह अब बिलकुल ही प्रतीक्षा नहीं करना चाहता था, क्योंकि उसे लगता था, यदि अब जरा भी प्रतीक्षा करनी पड़ी तो वह शशि से घृणा करने लगेगा।

हीटर पर पानी खौल रहा था। उसने चाय की पत्तियाँ डाल दीं,

फिर दूध भी उसी में डाल दिया और चीनी भी। इस ठण्ड में वह उबली हुई चाय पीना चाहता था और अगर यह ठण्ड न भी होती तब भी। उसने अपनी सिगरेट के कई कश लिए और फिर उसे जूते से कुचल दिया और शीशे के गिलास में ढालकर बेहद गरम चाय पीने लगा। भाप की बूँदें पहले गिलास पर और फिर उसके चेहरे पर छल-छला आयीं। चाय भरा गिलास उसने हवा में ऊपर उठाया, फिर अपने होठों तक लाकर एक चुस्की ली और बुदबुदाया, शशि तुम ठीक कहती थीं। या तो मैं इम्पोस्टर हूँ या न्यूरोटिक। और फिर एक घूंट में एक चौथाई गिलास खाली करता हुआ बोला, मगर तुम क्या थीं? उसने अनुभव किया—चाय बेहद गरम थी।

गिलास उसने मेज पर रख दिया और देखा उसकी मेज महीनों से इसी तरह बेतरतीब है। किताबें, पुरानी और बहुत पुरानी चिट्ठियाँ, पीतल का ऐश-ट्रे और कोरे कागज पर बनी कितनी ही आकृतियाँ और ड्राफ्ट्स चूहों की भाग-दौड़ से तमाम कागजात उलट-पुलट हो गए थे, जिन्हें सँवारने की उसकी कतई इच्छा न थी। एक अच्छे छात्र की तरह अपना कमरा सजाकर जीने की उसमें कोई लालसा नहीं थी। उसने अपने मन में समझौता कर लिया था कि उसका कमरा कब्र का एक तहखाना है, जिसमें से घास की तरह फूटकर वह कभी नहीं निकल सकता। शायद शशि को उसके भविष्य का अनुमान था। वह चली गयी, अच्छा ही हुआ। शशि के आने के पहले ही यह कब्र, उसमें कहीं छिपी हुई थी।

उसने अनुभव किया वह काफी पस्त हो चुका है और उसे पता नहीं मगर वह अब बूढ़ा हो चला है। उसने आईना उठाया और इस बार उसे अपना चेहरा बेहद विद्रूप नजर आया। उसे आश्चर्य हुआ, शशि इतने 'अग्ली' आदमी से कैसे प्रेम कर सकती थी। अपने दोनों गालों पर चपत मारते हुए उसने कहा, गधा! उल्लू का पट्ठा! फिर आईना मेज पर रख दिया और अपने आपसे हारता हुआ बोला, आई ऐम ए सॉन्स्टर।

दीवार के एक कोने पर एक पुराना कैनवास रखा था जिसे उसने शशि के साथ अपने आखिरी झगड़े के बाद बनाया था। एक स्त्री का

चित्र, जिसके पैर पीछे की ओर थे। उसने उसे नाम दिया, 'शशि : एक लौटता हुआ प्रेम'। मगर जब शशि ने चित्र देखकर कहा था, यह मेरा नहीं तुम्हारा चित्र है; जरा गौर से देखो, ये मेरी मुखाकृति है अथवा तुम्हारी ? तो वह चौंक पड़ा था। उसने ध्यान से देखा था तो लगा था, शशि की बात में सचाई है। उसकी इच्छा हुई थी कि वह उस चित्र को नष्ट कर दे। मगर फिर उसने केवल पहले वाली टाइटिल मिटा दी थी और किनारे पर लिख दिया : 'स्त्री के पैरों पर खड़ा हुआ प्रेम'।

अब, अरसे बाद, इस चित्र को देखने के बाद उसे अनुभव हुआ, आज भी वह शशि के पैरों पर खड़ा हुआ है और अनिच्छा के बावजूद लड़खड़ा रहा है। उसके पैरों पर उसका बस नहीं और वह नहीं जानता वह किधर जा रहा है। वह कहाँ से होता हुआ कहाँ चला आया है, इसका भी उसे ठीक-ठीक ज्ञान नहीं। उसने कैनवास उलटकर रख दिया और तय किया कि इस बार वह चित्र जरूर नष्ट कर देगा और उसके साथ ही शशि के वे तमाम पत्र भी जो मेज की ड्रॉअर में और बाहर ढेर के ढेर पड़े हैं। उसे कोई मोह नहीं।

उसने देखा, कई महीनों पुराना लिफाफा पीला पड़ गया था और इबारत बिलकुल निर्जीव और अर्थहीन जान पड़ रही थी···"तुमने तार कर सारे घर में मुझे नीचा दिखा दिया। मैंने तय कर लिया है कि अब मैं कभी लौटकर नहीं जाऊँगी। जिस आदमी को दूसरे की पोजीशन का खयाल नहीं, उससे सम्बन्ध रखने में कोई लाभ नहीं। मैंने तुमसे कितना कहा था, जाते-जाते मनौती कर गयी कि मुझे वहाँ खत भी मत लिखना। मगर तुम···तुम्हारे लिए तुम्हारा सेण्टीमेण्टलिज्म दूसरों की जिन्दगी और मौत से बढ़कर है।" बुजदिल ! वह बुदबुदाया और फिर ढेर सारी चिट्ठियाँ एक मुट्ठी में इकट्ठी कर मेज की ड्रॉअर में डाल दीं। यही होना था। वह भुनभुनाया। यह होने के लिए ही सब कुछ हुआ था। उसने अपने अन्तिम पत्र में शशि को लिखा था, क्या मुझे तुम्हारी सुविधा के अनुसार जीना होगा ? और फिर बाकी चिट्ठियाँ मेज के दूसरे ड्रॉअर में डाल दीं। बेत की कुर्सी पर आराम से पसर गया, बलगम छाँटने के

लिए एक और सिगरेट सुलगायी और सहसा ही उसे लगा, शशि यह सब देख रही है। वह एक चोर है। उसने शशि के घर में घुसकर किसी और आदमी के नाम लिखी चिट्ठियाँ चुरायी हैं और शशि ने उसे चोरी करते पकड़ लिया है और दुखी है। मगर तब भी वह बेशर्म की तरह और डाह में भरकर शशि से पूछता है, कौन था वह ? मगर यह शशि है कि रोये जा रही है। आइ ऐम जेलस···आइ ऐम जेलस ऑव दैट मैन।··· मगर वहाँ कोई नहीं था और शशि वहाँ से सात सौ मील दूर थी। दूरी के खयाल पर उसे अपनी असहायता का अहसास हुआ और लगा वह शशि का कुछ भी नहीं बिगाड़ सकता, जब कि वह जरूर ही शशि को क्षति पहुँचाना चाहता है। आइ वॉण्ट टु हर्ट हर।

प्रेम, क्या सचमुच उसने शशि से प्रेम किया है ? उसने अनुभव किया कमरे में बहुत घुटन है और सील है और वह बेकार ही अपने आपको इस अँधेरे में कैद किए हुए है। खिड़कियाँ खोलनी चाहिए, और भाड़ में जाये प्रेम, हॉट वॉटर बाथ लेना चाहिए। आइ हैव नेवर लव्ड हर। वह भुन-भुनाया और सोचा कि अगर इस तरह शशि यहाँ होती तो वह उसके मुँह पर कहता और साफ-साफ कहता, मैंने तुमसे कभी प्रेम नहीं किया। यू कैन गो। शशि को चले जाने के लिए कहने के विचार पर उसे खुशी हुई।

वह समझता था कि शशि यह जानती थी कि वह हमेशा उसके सामने झुकता रहा है। वह अपने बारे में परिहास करता हुआ कहा करता था कि उसकी ट्रेजेडी ही यह है कि वह कुछ भी अस्वीकार नहीं कर पाया, यहाँ तक कि प्रेम भी नहीं। मगर एक दिन जब अविनाश ने पूछा था, सतीश, तुमने सोच-समझकर और पसन्द कर शशि को चुना है न ? तो उसकी समझ में नहीं आया था वह क्या उत्तर दे। वह सोचने लगा था, शशि उसमें इस तरह आयी थी जैसे किसी सूने कमरे के किवाड़ तोड़ अन्धड़ चला आता है और अपना आधिपत्य कर लेता है। असल में उसने शशि से नहीं, शशि ने उससे प्रेम किया था। शायद वह वर्षों से इस अन्धड़ की प्रतीक्षा कर रहा था और शशि की जगह कोई भी आता तो वह प्रतिरोध नहीं करता, आत्मसमर्पण कर देता।

अविनाश के अपने प्रश्न ने उसे एकबारगी जगा दिया था और वह बराबर सोचता रहा था, वह शशि से बराबरी के स्तर पर प्रेम क्यों नहीं कर सका ? क्यों नहीं वह भी शशि के जीवन में एक अन्धड़ की तरह चला गया ? क्यों वह शशि के आगे इतना विवश था ?

कमजोर, बेहद कमजोर। शशि ने चिढ़कर उससे कहा था, तुम जैसा कमजोर आदमी मैंने नहीं देखा। तुम्हारी न कोई अपनी इच्छा है, न कोई अपना विवेक। एक अरसे तक तुमने नौकरी की कोई तलाश ही नहीं की और जब बिना कोशिश किए तुम्हें सर्विस मिल गयी तो उसकी उलझनों पर जरा भी विचार किए बिना तुमने अस्वीकार कर दी। तुम्हारे दोस्तों ने तुम्हें पिलायी तो तुमने पी ली, मैंने कलह किया तो तुमने छोड़ दी। पता नहीं तुम अपने चित्रों के लिए रंगों का चुनाव कैसे करते हो ? मुझे तो लगता है तुम्हारे चित्र भी तुम्हारी ही तरह झूठ हैं। तुम एक मिट्टी का लौंदा हो जिसे हर कोई अपने चाक पर ढाल सकता है।

शशि ने ठीक ही तो कहा था। और इस बात की भी क्या गारण्टी है कि उसने अपनी इच्छा से पेण्टिंग को अपने कैरिअर के रूप में लिया था। हो सकता है यह भी एक फलक हो। दरअसल वह खुद एक फलूक है।

उसने महसूस किया उसकी रीढ़ के अन्दर कोई कीड़ा चल रहा है और उसके अन्दर एक असुविधा-सी हो रही है।

उसने फिर एक बार आईना उठाया और बोला, असल में तुम कुछ नहीं हो। फिर दाँत भींचकर कहा, बास्टर्ड ! ह्वाई काण्ट यू रेजिस्ट ?

सतीश ! उसने द्वार पर थपथपाहट सुनी और अविनाश का स्वर। किससे बात कर रहा है अकेले ?

उसने दरवाजा खोलते हुए तय किया कि आज वह अविनाश की कोई बात नहीं मानेगा और अपने से जितना बदला ले सकता है, लेगा।

कैसी सूरत बना रखी है ! अविनाश उससे कह रहा था। किसी नाटक में कोई पार्ट ले रखा है क्या ? उसने पहली बार अनुभव किया अविनाश में कहीं न कहीं कोई घटियापन है और वह मामूली लोगों की तरह भी बात कर सकता है। वह चाहता तो उस क्षण अविनाश को

आउट-विट कर सकता था। मगर उसने सोचा, उसकी डिबेटिंग सोसायटी का अध्यक्ष होने की वय बहुत पहले गुजर चुकी है और अब जिन्दगी में इतना वक्त नहीं कि वह सारा समय अपनी प्रतिभा का प्रदर्शन करता फिरे। आज वह किसी कीमत पर अपना फैसला नहीं बदलेगा। लेट द बास्टर्ड नो।

चलो उठो, शेव करो और तैयार हो जाओ। वह समझ नहीं पा रहा था अविनाश के स्वर में स्नेह था या आदेश। मगर उसे उससे बेहद चिढ़ हो रही थी। यदि वह इसी तरह आग्रह करता रहा, तो वह अपना संयम तोड़ बैठेगा और फिर न जाने क्या कर बैठेगा। मगर उसने निश्चय कर लिया था कि वह अपना फैसला नहीं बदलेगा और किसी को अपने इतने अन्दर नहीं आने देगा कि उसका स्वत्व ही जाता रहे।

अविनाश। वह अविनाश की ओर देख रहा था और कहना चाह रहा था कि आज वह उसके साथ नहीं जा पायेगा। मगर उसे लगा वह कुछ नहीं कह पायेगा। उसे जो कुछ कहना था शायद वह अपने-आपसे कह चुका था।

अच्छी बात है। आखिरी बार भी सही। उसने अपना कोट डाल लिया। किसी तरह गले में टाई कसी और साथ चलने को तैयार हो गया। कहाँ चलना है?

कहीं भी। मगर तुम इस कदर रूठे-रूठे क्यों हो?

कुछ नहीं।

हमेशा उत्तेजित और मुखर होने वाला अविनाश उसके इस मौन से चुप हो गया था और दोनों चुप-चुप चल रहे थे।

सर्दी बहुत थी मगर बदलियाँ चीरकर धूप निकल आयी थी और कई दिनों से धूप की प्रतीक्षा कर रहे परिवार लॉन पर निकल आये थे। मैदान पर बच्चों ने क्रिकेट जमा ली थी, सड़कों पर बसों और टैक्सियों का आवागमन पहले से बढ़ गया था।

शशि कब आ रही है? उसने सुना, अविनाश उससे प्रश्न कर रहा था। अजीब प्रश्न है! उसने पूछा होता, युद्ध कब हो रहा है, तो वह बता देता। मगर इस प्रश्न का क्या उत्तर हो?

तुमने शशि को कब से नहीं लिखा ?

उसने अपने-आपको संयत रखते हुए फिर एक बार तय किया कि वह इस प्रकार के किसी भी प्रश्न का उत्तर नहीं देगा। फिर अपने मौन से घबराकर उसने सोचा, शायद अविनाश उसकी चुप्पी का बुरा मान गया हो। मगर अविनाश जैसे अपने ही प्रश्नों का उत्तर देता हुआ उसे बता रहा था, शशि इसी सत्ताईस को आ रही है। इस बार उसने सब कुछ ठीक कर लिया है और वह चाहती है कि अगले ही महीने सब हो जाये। तुम अपने पेरेण्ट्स से बात कर लो। उसने लिखा है कि तुमने उसके पिछले एक भी पत्र का उत्तर नहीं दिया और वह बहुत दुःखी है। बहरहाल, अब वह आ रही है···।

वह जानता था शशि ने उसे लिखा होगा। वह लिख सकती थी। वह नहीं लिख सकता था। वह कहना चाहता था, अब उसे इन बातों में कोई दिलचस्पी नहीं। उसने कहा, तुम्हें शायद नहीं मालूम। मैंने नौकरी का इस्तीफा भेज दिया है।

क्या फर्क़ पड़ता है! अविनाश ने धीरे से कहा और अपने में सिमट-कर चुप हो गया।

दोनों मार्केट के सिरे तक निकल आये थे और सतीश को लग रहा था वह थक गया है। असल में वह एक अरसे से थका हुआ है! मगर न जाने क्यों चल रहा है और चलता ही जा रहा है! उसे झुँझलाहट हुई और उसने तिलमिलाकर अविनाश से कहना चाहा तुम दूसरों की थकान कतई नहीं समझते, समझ ही नहीं सकते।

वे दोनों एक कैफे में चले गये थे, और मेज पर बैठे हुए उसने अपनी आँखें मूँद ली थीं। उसे अनुभव हो रहा था वह अपने घर आ गया है। छोटे-से और सस्ते-से उस कॉफ़ीघर में क्लर्कों और स्कूल के विद्यार्थियों की भीड़ थी, जिनमें लड़कियों की हँसी तैरकर लौट जाती थी।

बाहर कितना शोर है। दोस्तों का शोर, प्रेमिका का शोर, माता-पिता का शोर। उसने पूछना चाहा, अविनाश, इस शोर से तुम्हारा जी नहीं घबराता?

मैं इस शोर में ही पैदा हुआ था। उसे विश्वास था अविनाश उसे

इसी प्रकार का उत्तर देगा। उसने अविनाश को कभी घबराता हुआ या उदास नहीं पाया था। वह कभी-कभी सोचा करता था या तो यह आदमी इन्सेन्सिटिव है या बहुरूपिया। अपने को छिपा जाता है। उसने देखा अविनाश रुचि लेकर कॉफी पी रहा था। उसे उससे ईर्ष्या हुई। मगर उसने सोचा इससे बड़ी मीडिऑक्रिटी और क्या हो सकती है कि आदमी कॉफी भी स्वाद लेकर पिये। यह जिन्दगी को भी स्वाद लेकर जीता है। पिग।

वह बड़ी देर तक उसे कॉफी पीता देखता रहा। फिर बोला, अविनाश, तुम्हें न्युमोनिया हो जाये, तो तुम क्या करोगे ?

डॉक्टर से इलाज। अविनाश के उत्तर पर उसे लगा उसका सवाल काफी मूर्खतापूर्ण था। मगर अपने को टोहते हुए उसने पूछा, अपने को मरने नहीं दोगे ?

नहीं। उसने देखा, अविनाश उसी शान्ति के साथ कॉफी पीता रहा। उसे उसके संयम पर डाह हो रही थी और वह मन-ही-मन उससे घृणा कर रहा था। उसे लगा उसके पास बैठा हुआ यह अविनाश केवल इस-लिए इतना शक्तिशाली है कि वह खुद बेहद कमजोर है। शशि ने ठीक कहा था, तुम अपनी कमजोरी से दूसरों में 'स्ट्रेंग्थ' पैदा कर देते हो। उसने अनुभव किया शशि उसकी बगल में बैठी हुई है और उसे झँझोड़-कर उससे कह रही है, बोलो, मेरी बात ठीक थी न ? मगर बगल में शशि नहीं बैठी थी अकेलापन बैठा था और सामने अविनाश। उसे झुंझलाहट हुई और उसने मन-ही-मन कहा, नो मोर ऑव शशि !

उसने जैसे अपनी चुप्पी से घबराकर कहा, अविनाश, कभी तुम्हारी इच्छा मरने की नहीं होती ?

नहीं। अविनाश का दृढ़ स्वर शोर को चीरकर उस तक पहुँच गया था।

वह जैसे अपने-आपसे प्रश्न पर प्रश्न किये जा रहा था। उसने पाया, अविनाश चुप था, केवल बेधती हुई दृष्टि से देख रहा था। उसे यह देख-कर खुशी हुई कि सवाल से पहले ही जवाब तैयार रखने वाले अविनाश के पास उसके अनेक प्रश्नों का कोई उत्तर न था। अविनाश के पास

जिन्दगी का फॉर्मूला है और वह जिन्दगी नहीं जीता है, नुसखे जीता है। मगर उसके पास जिन्दगी का ऐसा कोई नुसखा नहीं। उसके पास केवल उसकी जिन्दगी है, जो उसके पहले किसी ने नहीं जी, इसलिए किसी के पास उसका समाधान नहीं। यह तय है कि इस बार वह अपना फैसला नहीं बदलेगा। वह जेब में पड़ी चिट्ठी पोस्ट कर देगा और कल अविनाश को मालूम हो जायेगा। और मालूम होने को है ही क्या? उसने केवल चार पंक्तियाँ लिख दी हैं कि वह जा रहा है। कहाँ? वह यह खुद भी नहीं जानता। और अब लौटकर आना भी सम्भव न हो सकेगा।

वह जानता था अविनाश उसका पत्र पढ़कर झुंझलायेगा और उसको एस्केपिस्ट कहेगा और शशि को फौरन खबर करेगा। मगर उसे परवाह नहीं।

तो कल शाम मिल रहे हो? उसने सुना, अविनाश उससे कल के विषय में पूछ रहा था।

बेहद सर्दी है। उसने अविनाश के प्रश्न को सुना-अनसुना करते हुए कहा, हालाँकि उसे इतनी सर्दी का अनुभव नहीं हो रहा था। शाम का कोहरा घना हो गया था और वे दोनों मोड़ पर अकेले खड़े हुए थे। अभी छह भी नहीं बजे थे मगर सड़कें वीरान थीं और चारों ओर मुरदों के जुलूस की तरह मनहूसी बढ़ती आ रही थी।

बहुत ही मनहूस शाम है। उसने अपने-आपसे कहा और पाया कि अविनाश उससे कुछ कह रहा है।

मैं शशि को लिखे दे रहा हूँ कि तुम कई दिनों से बीमार थे। अब ठीक हो।

मैं नहीं चाहता मेरी ओर से तुम झूठ लिखो। उसे लगा वह काफी कठोर है। और वह कठोर भी हो सकता है, इस ख्याल पर उसे खुशी हुई।

घर आकर उसने अपने सूटकेस में अपनी कमीजें और कुछ किताबें डाल लीं और 'होलडॉल' बाँधकर तैयार हो गया है। एक बार इच्छा हुई, साथ अपनी कुछ तसवीरें भी लेता चले। मगर उसने अपने पुराने

सामान को डिस्टर्ब नहीं किया और निकल पड़ा और सड़क के किनारे खड़ा टैक्सी की प्रतीक्षा करने लगा।

घड़ी देखी तो छह बज चुके थे और गाड़ी पौने सात पर जाती थी। सामने फ्लैटों की कतार की कतार थीं, जिनकी रोशनी कोहरे में पेण्टिम का असर पैदा कर रही थी। पेण्टिग और वह सब ? वह कुछ भी नहीं सोचना चाहता था और इस शहर से जल्द से जल्द निकल जाना चाहता था।

टैक्सी पर अपना सामान रखवाकर वह सीट पर अधलेटा हो गया और आँखें मूंद लीं। पहली बार यहाँ आने के लिए जब उसने घर छोड़ा था, तो उसे बेहद तकलीफ हुई थी। आज इस शहर को छोड़ते हुए वैसा कुछ नहीं हो रहा था। उसे लग रहा था टैक्सी एक शून्य में चली जा रही है और वह बिलकुल भारहीन हो गया है। उसके अन्दर सचमुच कुछ भी नहीं रहा। वह खाली हो गया है और बाहर भी सब कुछ खाली ही है। चौराहे, बसें, इमारत और पोस्टर।

एक झटके के साथ टैक्सी जब स्टेशन पर रुकी तो उसने कुली को बुलाते हुए कहा, जी० टी० फर्स्ट क्लास। जल्दी। अभी थोड़ी देर में वह इस शहर की सीमा से बाहर चला जायेगा और अपनी भी सीमा से और इन सब लोगों की सीमा से। अपनी सीमा का अतिक्रमण करने का अपना सुख है।

कुली ने प्लेटफार्म पर चलते हुए जब उससे रिजर्वेशन के बारे में पूछा तो उसका सिलसिला टूटा। कुली को रुकने का आदेश दे वह टिकट लेने चल दिया। उसने देखा गाड़ी छूटने में कुछ ही समय था। जल्दी करनी चाहिए। वह सोच रहा था कि अविनाश शशि को जरूर लिख देगा और वह जानता था कि शशि ने जब लिखा है तो वह सत्ताईस को अवश्य आयेगी। मगर अब वह पुरानी दुनिया में वापस नहीं जाना चाहता। कम से कम एक बार वह अपना भविष्य चुनना चाहता था। उसे लगा उसने शशि से कभी प्यार नही किया है। वह कितनी बड़ी गलतफहमी में रह रहा था। एक साधारण-सी स्त्री और एक मामूली-सी नौकरी और एक बकवास-सी दुनिया को वह अपने अन्दर इतने बरसों

कैसे पोसे रहा, इस पर उसे खुद आश्चर्य हो रहा था। अब वह बिलकुल स्वाधीन है। उसने अनुभव किया, उसके अन्दर एक भयंकर आत्मविश्वास जाग उठा है और वह समर्थ है।

कुली उससे कह रहा था, जल्दी कीजिए साहब। किस बात की जल्दी? उसने झुंझलाकर कहा और अपने प्रश्न पर चौंक गया। उसे किस बात की जल्दी है। और वह इतनी जल्दी क्यों कर रहा है?

रुको, उसने कोट की जेब में हाथ डाला। वह कुछ भूल रहा है। उसे याद आया वह अविनाश के नाम चिट्ठी पोस्ट करना भूल गया था। ट्रेन में ही पोस्ट करने वह बढ़ गया। लिफाफा, क्षणभर को रुका, और फिर विण्डो में डाल दिया। और जैसे पस्त हो गया।

उसे लगा उसने अपने स्वभाव के विरुद्ध एक बड़ा भारी जुर्म कर डाला है और अब उस जुर्म की गम्भीरता से जकड़ गया है। उसका सब कुछ इस क्षण उससे छूटकर अलग हो गया है और वह एक भयानक शून्य में तड़फड़ा रहा है। उसने विक्षिप्त की तरह विण्डो में व्यर्थ ही हाथ डालकर लिफाफा वापस निकालने की कोशिश की।

उसने देखा, उसका कुली चिल्ला रहा था। साहब, जल्दी कीजिए। गाड़ी छूट रही है। मगर उसके पैर जैसे जमीन से चिपक गये थे और वह खाली-खाली आँखों से प्लेटफार्म पर सरकती हुई ट्रेन को देख रहा था। उसे लगा वह सैकड़ों वर्षों से इसी तरह यहाँ खड़ा है, और हमेशा ही ट्रेन छोड़ता रहा है। उसके पैर कभी भी नहीं उठ सके हैं।

प्लेटफार्म सूना हो गया था और वह जैसे अपनी जगह से चिपका हुआ खड़ा था। उसने अनुभव किया वह बिलकुल अकेला है और वह जिन्दगी में पहली बार, सचमुच रो रहा था।

[1961

●●●